UN CHANT NOUVEAU !

Apprendre à louer
et à prier sans peine

DANS LA MÊME COLLECTION DU "RENOUVEAU"

GUÉRIR... pour une vie nouvelle, Père J. BOULANGER, Préf. du Père P. VERHAEGEN, o.s.b., 1998, 2e éd., 160p

VIVRE même si je souffre, J.-C. PARISOT, Préf. de X. EMMANUELLI, 1998, 96 p.

N. ASTELLI HIDALGO et A. SMETS : *Sauver ce qui était perdu*, la guérison intérieure, 1988, 8e éd., 151 p ;
La Guérison des souvenirs, le Fruit de tes entrailles, 1993, 4e éd., 176 p.

À paraître en AUTOMNE 1999 :
Savourer la Parole de Dieu, Frère Bernard GAUDEUL, 128 p.
Le célibat – Comment s'en sortir ?, Père Pascal IDE, 160 p.
Femmes selon le cœur de Dieu, Georgette BLAQUIÈRE, 160 p.

*

SPIRITUALITÉ MARIALE

La Femme de la réconciliation, Cardinal MARTINI, 1986, 2e éd., 88 p.

Marie souffre encore, Notre-Dame de la Salette, Cardinal MARTINI, 1998, 96 p.

30 jours avec Marie, Père Dominique AUZENET, 1998, 128 p.

*

Avec la permission des Supérieurs.
en la fête de Marie, le 15.08.1997,
Hamoir, Belgique.

BP 652 – 78000 Versailles Cedex 6
ISBN 2 85049 818 1

Alexis SMETS s. j.

UN CHANT NOUVEAU !

Apprendre à louer
et à prier sans peine

Collection *Renouveau*

Éditions SAINT-PAUL
1999

“Nous sommes invités à chanter au Seigneur un chant nouveau. L’homme nouveau connaît ce chant nouveau. Le chant est affaire de joie, et, si on y réfléchit, affaire d’amour. Celui qui sait aimer la vie nouvelle sait chanter le chant nouveau.”

St Augustin

« Ils parviennent à un domaine
du nom de Gethsémani,
et il dit à ses disciples :
“Restez ici tandis que je prierai.”
Puis il prend avec lui Pierre, Jacques et Jean,
et il commença à ressentir effroi et angoisse.
Et il leur dit :
“Mon âme est triste à en mourir ;
demeurerez ici et veillez.”
Étant allé un peu plus loin, il tombait à terre,
et il priait pour que, s’il était possible,
cette heure passât loin de lui.
Et il disait : “Abba, Père, tout t’est possible :
éloigne de moi cette coupe ;
pourtant, pas ce que je veux, mais ce que tu veux !”
Il vient et les trouve en train de dormir ;
et il dit à Pierre :
“Simon, tu dors ?
Tu n’as pas eu la force de veiller une heure ?
Veillez et priez pour ne pas entrer en tentation :
l’esprit est ardent mais la chair est faible.”
Puis il s’en alla de nouveau et pria,
en disant les mêmes paroles.
De nouveau il vint et les trouva endormis,
car leurs yeux étaient alourdis ;
et ils ne savaient que lui répondre.
Une troisième fois, il vint et leur dit :
“Désormais, vous pouvez dormir et vous reposer.
C’en est fait. L’heure est venue :
voici que le Fils de l’Homme va être livré
aux mains des pécheurs.
Levez-vous ! Allons !
Voici que celui qui me livre est tout proche.” »

Mc 14, 32-42

INTRODUCTION

Il y a quelques mois, comme je devais me rendre dans les Ardennes, j'ai eu le plaisir de faire le détour par l'abbaye de Clervaux. J'aime prier dans l'abbatiale. Je désirais aussi, par la même occasion, recevoir le sacrement de réconciliation.

Après avoir déniché un confesseur, je suis entré dans un confessionnal nouveau style, spacieux et bien éclairé. Après avoir entendu ma confession, le moine me fit une exhortation bien sentie. Tandis qu'il parlait, je vis l'homme de Dieu glisser la main droite sous son scapulaire et en extraire quelques feuillets. Il m'en donna d'abord un : c'était le texte du chapitre huit de l'épître aux Romains qui décrit la vie dans l'Esprit. Il m'en passa un autre en me disant qu'il donnait parfois, à l'occasion du sacrement de réconciliation, un extrait d'un livre susceptible d'aider les gens.

À ma grande stupéfaction, je me rendis compte qu'il venait de me donner le texte de la prière "*quand rien ne va plus*" (Cf. pp. 12-13) photocopiée dans l'ouvrage *"Bénissez, puisque vous êtes appelés à bénir" !*[1]

Alors qu'il me parlait, je parvenais difficilement à dominer la joie qui m'avait envahi. Pendant des années, j'avais eu tant de mal à accepter de louer comme Merlin Carothers nous y invite dans ses ouvrages[2]. Comme tant d'autres, je n'acceptais pas qu'on pût louer Dieu en toutes circonstances, en particulier dans l'épreuve. Finalement, à l'aide de textes puisés dans ses ouvrages, j'avais composé une prière que j'avais distribuée à l'occasion à des personnes en difficulté. Ce n'était donc pas un hasard si cette prière m'était rendue par le Seigneur (elle avait été le point de départ de mon ouvrage sur la bénédiction).

Je n'avais pas perdu mon temps ! Comme le Père du ciel devait être heureux de voir ses enfants se décider à le louer à perdre haleine et à bénir en toutes circonstances... J'ai reçu tout ceci comme un signe du ciel, comme un réconfort pour mon ministère, un encouragement à persévérer sur ce chemin de la bénédiction. Il me semblait que le Seigneur me disait : "Va de l'avant, j'aime qu'on apprenne à louer et à bénir !"

À vrai dire, il ne se passe pas une semaine sans qu'une ou plusieurs personnes nous téléphonent ou viennent nous trouver pour témoigner de ce qui s'est passé dans leur vie quand elles ont commencé à louer et à bénir en toutes circonstances, en particulier lors d'événements difficiles. La puissance de la louange, c'est du solide ! La vie peut véritablement commencer à changer à partir du moment où quelqu'un se met à louer Dieu et à bénir tous les événements de sa vie.

Comme Merlin Carothers avait raison de dire que "*la louange libère la puissance divine !*" Notre Dieu est vivant ! Nombreux sont ceux qui le découvrent aujourd'hui et s'engagent résolument sur la voie de la confiance. Ils peuvent enfin vivre dans la liberté des enfants de Dieu ! Libres par rapport aux événements qui écrasent, libres face aux situations inextricables !

Libérés de la haine et du ressentiment ! Libres parce que Dieu a un plan d'amour pour chacun de ses enfants !

Cependant, il est très étonnant d'entendre ces personnes à qui nous conseillons de louer, de bénir, de prier régulièrement, d'apprendre à prier la Parole, nous confier leur embarras :

– *Comment faire pour prier ?*
– *Comment apprendre à prier ?*
– *Nous ne savons pas prier...*
– *Qui nous apprendra à prier ?*

Si j'ai décidé d'écrire ce livre, c'est bien sûr à cause de cette aventure de Clervaux, mais surtout parce j'ai compris qu'***il est impossible d'être rempli de l'Esprit-Saint si on ne prie pas***. Et d'autre part, *il est impossible d'apprendre à louer le Seigneur, de bénir en tout temps et en toutes circonstances si, chaque jour, on ne consacre pas un long temps à la prière.*

Il est absolument urgent que les chrétiens retrouvent le chemin de la prière ! C'est une question de vie ou de mort pour nous tous !

En un mot, mon plus vif désir est de vous aider à prier ! Je voudrais vous faire comprendre, à vous, mes frères et sœurs bien-aimés, qui avez ouvert ce livre, *qu'il est indispensable de vivre chaque jour un temps exclusivement réservé à la rencontre avec le Seigneur. Et pour ce faire, pour apprendre à prier, il est important de découvrir qu'il y a certains moyens qui facilitent l'apprentissage de la prière.*

À vrai dire, on ne sait pas comment s'y prendre pour apprendre à prier ou pour prier de manière régulière. Dès qu'on commence à le faire, c'est l'ennui, le dégoût, la souffrance ! Comme si Dieu voulait nous faire souffrir ! On est absolument incapable de prier durant dix petites minutes. Que sera-ce quand on vous proposera de le faire durant une heure ? Mais, qu'on se rassure, le Seigneur accorde toujours la grâce de la prière quand on lui en fait la demande, car il n'y a rien de plus important que d'entrer en présence du Très-Haut et de communier à son amour. Un jour, sans doute, comme le pasteur Yonggi Cho dont je vous parlerai plus loin, vous lui demanderez la grâce de passer trois heures en sa présence !

En fait, on a besoin d'un soutien, d'une structure, d'une manière de prier, pour entrer dans la prière du cœur : c'est ce que je voudrais vous faire découvrir à travers ce livre.

En plus, si on désire *apprendre à louer Dieu,* à devenir un être de louange et de bénédiction, il faut parvenir à prier, à prier chaque jour, à prier longuement. La louange n'est pas l'exclusivité de certains chrétiens dans l'Église, tous sont appelés à louer! C'est du cœur de chaque enfant de Dieu que devrait jaillir un chant, une louange spontanée.

Sachez donc que *si vous ne priez pas, vous serez incapables d'être remplis de l'Esprit Saint. Et si vous ne priez pas, vous ne pourrez pas non plus louer Dieu et bénir en toutes circonstances.*

Pourquoi parler d'un chant nouveau? S'il est question ici d'un ***chant nouveau,*** c'est parce que la prière ouvre le cœur à l'action de l'Esprit Saint. La vie change, le cœur de l'homme est renouvelé, une source d'eau vive jaillit des profondeurs et le baptisé exerce son sacerdoce royal! La louange et la bénédiction jaillissent en toutes circonstances.

Qu'il est beau le chant des noces, le chant du bien-aimé et de la bien-aimée pour leur unique Amour! C'est le chant du Royaume, le chant des Béatitudes!

Si vous priez, quelque chose va changer en vous: vous chanterez Dieu, vous le bénirez, vous rendrez grâce, vous rirez, vous pleurerez de joie comme un enfant! Vous baignerez dans le bonheur de Dieu et l'Esprit du Seigneur exultera en vous! C'est la grâce qu'il réserve à son Église pour notre temps, car elle doit être renouvelée dans le Saint Esprit. Et lui, telle une source jaillissante, chantera en elle le CHANT NOUVEAU!

Quand rien ne va plus...

Mon Dieu, je te loue pour tout ce qui m'arrive,
tu as ton plan d'amour sur moi,
tu es présent au cœur de ma vie,
Donne-moi la grâce de me réconcilier avec cette situation présente, de me convertir face à celle-ci, d'accepter toutes les difficultés du moment.
Je te loue pour toutes les conséquences de mes actes : tu as quelque chose à voir dans tout ce qui se passe.
Je te loue pour ta toute-puissance :
tu es à l'œuvre en toutes choses. Merci Seigneur !
Je te loue pour ton plan d'amour sur moi :
tu m'aimes bien plus que je ne l'imagine ;
tu vas utiliser ces événements pour mon bien et pour ta gloire !
Je te loue, même s'il m'est difficile de croire que
tu agis dans la situation présente.
Je te loue pour toutes ces épreuves : tu es présent au cœur de ma détresse, de mon abandon.
Tu es à l'œuvre à travers mon péché, ma révolte, ma souffrance, mon aveuglement, ma maladie, ma toxicomanie... Merci pour cette situation concrète : je veux l'accepter.
Tu es un Dieu d'amour, tu veux que nous soyons toujours dans la joie, que nous priions sans cesse, qu'en toutes choses nous te rendions grâces (1 Th 5, 16 ss)
Merci, car ton plan d'amour va se manifester.

Je mets en toi toute ma joie : "tu es mon bonheur, tu m'accorderas tout ce que mon cœur désire" (Ps 37,4).
Merci, Seigneur, pour toute ma vie : tu as permis tous mes problèmes pour m'amener à me convertir. Tu n'aurais jamais permis tout ce gâchis si tu n'avais pas su que c'était ce qu'il y avait de mieux pour moi maintenant.
Je crois que tu m'aimes vraiment ! Tu veux faire servir chaque détail pour le bien de tes amis.
Mais comme tu ne peux faire progresser ton dessein d'amour si je n'accepte pas la situation actuelle, je veux te louer, te rendre grâce de tout mon cœur.
C'est ta puissance qui va se manifester ici, transformer tous les événements bien au-delà de leur développement naturel et logique.
Je suis sûr que ta puissance divine agit dans mon cœur et dans cette situation. Merci, Seigneur !
Père, je ne sais que faire, mais j'ai les yeux fixés sur toi (2 Ch 2,12), je sais que cette multitude de soucis m'accable et m'effraie. Merci de me dire que ce combat n'est pas le mien mais le tien (2 Ch 20,15).
Je crois en tes promesses, je te fais confiance, j'accepte ta volonté de tout mon cœur.

Tu vas gagner mes victoires en usant de moyens et de principes dépourvus de sens et contraires à notre sagesse et à nos stratégies humaines.

Je crois en toi, je te loue pour ta présence et ta puissance, je sais que tu es en train d'agir.
Merci, Seigneur, je crois en toi, je t'aime !

1. *UN CHEMIN DE PRIÈRE*

Au matin de la Pentecôte, quand Pierre se fut adressé à la foule des Juifs, certains d'entre eux eurent le cœur bouleversé et demandèrent aux apôtres : ***"Frères, que devons-nous faire ?"***

Y a-t-il jamais eu un seul être au monde qui ait dû apprendre à boire au sein maternel ? Y a-t-il beaucoup de mamans qui aient dû apprendre à boire à leur enfant ? Tout être humain respire tout naturellement, tout vivant exécute de la manière la plus naturelle qui soit ces actes inspirés par les besoins les plus élémentaires en nous. Aurions-nous perdu une espèce d'instinct propre à la vie spirituelle ? Serions-nous comme ces nouveaux-nés qui, parfois, refusent le sein maternel ?

"Frères, que devons-nous faire ?" demandaient les Juifs après la Pentecôte. Quelle découverte devons-nous absolument faire ? Ne devrions-nous pas retrouver notre spontanéité d'enfants du Bon Dieu ? L'enfant n'a aucune difficulté pour demander

du pain à sa maman ; il s'adresse à elle le plus naturellement du monde...

C'est tout naturellement qu'il lui dit, en la regardant dans les yeux : "Comme tu es belle, maman !" L'enfant du Père ne devrait éprouver aucune difficulté à se tourner vers son Père comme Jésus, le Fils Premier-Né le faisait :

"Je te bénis, Père, Seigneur du ciel et de la terre... Père, je te rends grâce de m'avoir écouté. Je savais que tu m'écoutes toujours... Mon Père, s'il est possible que cette coupe s'éloigne de moi ! Cependant, non pas comme je veux mais comme je veux... Père, entre tes mains je remets mon esprit !"[3].

Oui, voilà ce que vous devez apprendre, mes amis, c'est la simplicité de l'enfant, la spontanéité du tout-petit qui chante, qui exprime sa faim, sa peur, qui appelle au secours, qui manifeste sa joie, son contentement, son bonheur... qui fait confiance et s'abandonne.

Mais comment faire pour y arriver ? *En faisant des efforts ?* En faisant appel à une technique ? En vous fatiguant dans les livres ? Vous avez essayé bien des fois peut-être, et vous n'arrivez à rien !

Il y a quelques années, on m'avait prêté deux cassettes d'un certain Yonggi Cho que je ne connaissais pas. Ces cassettes contenaient deux enseignements sur la prière intitulés *Parcours de prière n° 1 et n° 2*[4]. J'ai été bouleversé par ces enseignements et par le témoignage de ce pasteur pentecôtiste : voilà un homme qui prie et qui sait ce que prier veut dire ! Voilà un homme qui prie et dont la prière porte des fruits ! Il m'apprenait en outre qu'il faut prier pour permettre à l'Esprit d'agir dans le cœur et dans l'Église.

Oui, le pasteur Yonggi Cho prie et rappelle que prier, c'est d'abord répondre au besoin de Dieu. Il a crée l'homme pour vivre en communion avec lui, son Père. *"Dieu est amour et l'amour aspire à la communion... Dieu veut que vous soyez proches de lui... Il veut que vous soyez proches de lui pour répondre à ses besoins. Dieu nous a créés pour la communion. Voilà ce qui est dans notre vie votre première responsabilité !"*

Yonggi Cho nous encourage à passer davantage de temps en compagnie du Seigneur, de manière à satisfaire son désir de communion. *"Plus vous passerez du temps avec lui, plus vous recevrez la grâce du Saint-Esprit. Vous ne pourrez pas être remplis de l'Esprit si vous ne priez pas. Et même si vous ne priez pas plus d'une heure, vous ne pouvez pas dire honnêtement que vous êtes remplis du Saint-Esprit !"*

> *Les gens me demandent quel est mon secret...*
> *C'est la prière ! Dès le commencement, le Seigneur m'a enseigné que le fondement de toute l'Église, c'est la prière !... Dieu m'a enseigné que je devais m'appuyer sur la prière pour amener le réveil dans l'Église.*
> *Et alors j'ai commencé à prier plus de cinq heures par jour... Ce fut pour moi un véritable combat. Je me suis battu contre la chair et contre le diable. Mais c'est à la suite de cela que de grandes choses ont commencé à se passer. J'ai été moi-même transformé et ma vie tout entière a commencé à changer.*

Voilà résumé en quelques mots l'essentiel de ce qui me touchait dans les paroles de Yonggi Cho : la prière et l'action de l'Esprit Saint dans le cœur et la vie de ceux qui prient.

Ce pasteur reproche aux chrétiens d'Occident d'*avoir* ***négligé le Saint Esprit !*** *"C'est lui, qui apporte,* nous dit-il, *l'amour de Dieu et la grâce de Jésus Christ. Nous avons mis l'Esprit Saint de côté et nous avons mis à sa place une organisation humaine !"* Ce qui est vrai pour la vie de l'Église se vérifie également pour la vie du croyant.

"Que devons-nous faire ?" Eh bien, commencez tout simplement par ***demander d'abord au Seigneur la grâce de la prière, la grâce de vous décider à prier ! Seigneur, mets en moi le désir de prier !*** Qui demande la grâce fait déjà appel au Saint-Esprit ! Il fait déjà *"l'œuvre de Dieu"*. La seule chose que vous ayez à faire est de *prendre la décision de demander la grâce de la prière,* ***la grâce du désir de la prière !***

Et un jour, la prière jaillira sur vos lèvres, dans votre cœur, comme une source d'eau vive ! Vous serez tellement inondés de cet amour débordant que votre vie sera littéralement renouvelée. *Voilà ce que signifient ces deux mots : "chant nouveau" !*

Il y a des expériences qui ne trompent pas : je connais des personnes qui sont parfois réveillées en pleine nuit ou au petit matin parce que la louange et la jubilation jaillissent avec une telle force en elles qu'elles en sont réveillées.

“Seigneur, apprends-moi à prier, afin que, comme l’aimant est attiré par le pôle magnétique, je sois continuellement attiré par toi, par Jésus, par le Père, par la Trinité Sainte.”

Il est donc clair que si vous ne priez pas, vous ne serez pas remplis de la présence du Saint Esprit. Mais, de grâce, n’attendez pas d’être transformés, renouvelés par cette présence pour commencer à vivre avec lui en implorant la grâce de la prière.

Je vous propose d’accueillir ce *témoignage* du pasteur Yonggi Cho, et le récit de ce qui m’est arrivé après l’avoir écouté. Car c’est grâce à lui que le Seigneur m’a fait la grâce de *retrouver un temps de prière uniquement réservé pour lui*.

Grâce à ces enseignements, *“parcours de prière n° 1 et n° 2”*, le Seigneur a permis que jaillisse à nouveau en moi la source de la prière.

Ce qui frappe chez Yonggi Cho, quand on entend le son de sa voix, c’est la chaleur de son cœur brûlant d’amour pour Dieu. À travers le récit de son aventure, rayonne une foi extraordinaire et on comprend à quel point c’est vraiment l’Esprit de Dieu qui donne toute sa force à son ministère.

– *Son secret, c’est la prière !*

– *Il faut* absolument *réapprendre à prier !*

– Pour que nos vies s’éveillent à la puissance d’En-Haut, ***nous devons prier !*** Pour que nous répondions au besoin de communion qu’il y a dans le cœur de Dieu, *nous devons prier* !

– Pour que nos ministères manifestent la puissance du Dieu vivant, *nous devons prier !* Pour qu'au lieu d'organiser des activités, nous nous disposions à recevoir la puissance de l'Esprit Saint, *nous devons prier !*

Le grand scandale dans l'Église, c'est que trop de chrétiens, et même des pasteurs, des responsables, des prêtres, ne prient pas ! Et la virulence des propos de Jésus à l'égard des pharisiens qu'il a traités de "sépulcres blanchis", de citernes fissurées, d'hypocrites, d'aveugles, est significative et nous concerne tous. Il ne les accuse pas d'être des défenseurs de la Loi de Dieu (d'ailleurs, Dieu n'a pas besoin d'être défendu !), mais de ne pas s'être laissés séduire par l'amour du Dieu vivant, de n'avoir pas été des hommes de prière authentiques, et d'avoir caché au peuple la connaissance et le visage du vrai Dieu !

– Oui, *Yonggi Cho prie, prie, prie !*
– Et pour pouvoir louer et bénir, *il faut prier !*
– *Il faut seulement prier, et encore prier !*
– Mais comment y arriver ?
– N'y aurait-il pas un *Assimil* pour apprendre à prier sans peine ?

Le pasteur Yonggi Cho m'a appris encore autre chose qui va orienter le développement de cet ouvrage : ***"Dieu m'a enseigné,*** dit-il, ***comment faire pour apprendre à prier plus d'une heure !"***

Voilà ! Nous y sommes ! Vous êtes d'accord pour prier dans votre salle de bain, au volant de votre voiture, quand vous êtes détendus, en écoutant une cassette de musique religieuse à vos moments perdus, ou encore dans la douce chaleur de votre lit... !

Mais vous êtes tout perdus lorsque vous vous retrouvez en face de Dieu, face à vous-mêmes dans la solitude et le silence... Vous vous sentez plus mal à l'aise que ces hommes que j'ai connus en prison. Ils étaient sous le choc de l'incarcération et se retrouvaient soudain seuls entre quatre murs, enfermés dans une cellule, face à eux-mêmes, face à leur culpabilité ou au vide de leur vie... face au mur, face à Dieu ! Que d'hommes sont incapables de se tenir en face de Dieu dans la vérité de leur être !

Le pasteur veut donc nous faire réaliser qu'il faut prier et comment prier. Dans ses enseignements, il raconte d'abord les débuts de son ministère : c'était un premier cadeau ! Mais il partage également l'inspiration qu'il a reçue du Seigneur pour "*apprendre*", dit-il, "*à prier plus d'une heure !*"

Écoutez ceci qui va nous éclairer désormais :

"Un jour que je priais le Seigneur, il m'a dit : 'Mon fils, il faut que tu enseignes au peuple le parcours de prière suivant.' Et à ce moment-là, Dieu m'a montré le tabernacle dans le désert. Les Israélites étaient sortis d'Égypte et marchaient vers Canaan. Dieu leur a demandé de venir à lui pour l'adorer. Moïse a construit dans le désert un tabernacle selon le plan donné par Dieu ; les Israélites venaient au tabernacle pour y adorer Dieu.

Ce tabernacle aujourd'hui, c'est vous ! La Bible dit que vous êtes le temple du Saint Esprit. Vous n'avez pas à aller au désert pour y trouver un tabernacle : c'est vous le tabernacle, le temple du Saint Esprit ! Vous pouvez adorer Dieu en vous-mêmes.

Mais il est possible aussi d'adorer Dieu en suivant la disposition du temple de Dieu, Vous savez que ce qui est enseigné dans l'Ancien Testament a une signification symbolique ; c'est un peu comme l'ombre de la réalité spirituelle. Et donc en entrant dans le tabernacle, vous avez un merveilleux parcours pour la prière."

J'ai repris intégralement ce passage qui explique bien le *parcours de prière* proposé par Yonggi Cho. Durant l'heure qu'il consacre à la prière, il parcourt diverses étapes qui lui permettront de structurer sa prière et de vivre en présence de Dieu.

L'enfant accepte de glisser sa main dans celle d'un autre pour ébaucher du bout du doigt un air de musique sur le clavier d'un instrument. Comme lui, ayez la simplicité de laisser monter à vos lèvres les mots d'un autre pour apprendre à prier, à louer, a bénir. Acceptez de faire un chemin qui va vous permettre d'intérioriser votre prière. Bientôt ce procédé sera superflu, car c'est de votre cœur que jailliront spontanément la louange et la bénédiction. L'objectif de ce livre aura été atteint quand vous saurez prier, louer le Seigneur et bénir avec vos propres mots, avec votre propre cœur, avec une structure vivante, une colonne vertébrale pour votre prière. Pour l'instant, vous avez besoin d'un guide pour demeurer en présence de Dieu.

La seule chose à faire, en ce moment, c'est de *demander à Dieu la grâce de la prière, la grâce du désir. Oui, désirer recevoir la grâce de la prière ! Désirer louer en toutes circonstances !*

J'ai reçu personnellement une solide formation à la prière dans la Compagnie de Jésus. C'est extraordinaire d'avoir un maître qui s'intéresse à votre prière, à la manière dont vous priez, aux tentations, aux embûches du Malin, bref, à ce que le bienheureux Pierre Favre appelle *l'éducation de l'affectivité spirituelle*. Cette structure intérieure venait en droite ligne des *Exercices* de saint Ignace. C'est clair, elle m'a valu la grâce de pouvoir rester fidèle à mon heure de prière quotidienne pendant plus de dix ans.

Cependant, la vie active, le ministère, les multiples activités de la vie pastorale avec les réunions du soir, la fatigue, mon péché et ma faiblesse... ont détruit petit à petit cette vie de prière qui n'était plus suffisamment nourrie par le silence et la contemplation... et qui était en plus minée par la colère et la révolte face à toute la souffrance de la vie carcérale. Je demande pardon au Seigneur de n'avoir pas suffisamment recherché sa volonté ; il a eu pitié de moi en me donnant la grâce d'être fidèle à la célébration quotidienne de l'Eucharistie et à une certaine familiarité avec lui durant la journée. Ma chapelle, mon oratoire, c'étaient souvent les ascenseurs et les longs corridors de prison. Pendant que j'arpentais ces longs espaces, quand j'étais contraint de m'arrêter devant un ascenseur, je retrouvais la présence du Seigneur. Et par-dessus tout, ces hommes et ces femmes que je rencontrais, reflétaient le visage de Jésus souffrant.

Mais il faut oser le souligner avec force : *ce genre de prière, ce n'est pas encore la prière personnelle !* Ne craignons pas de le redire : il n'y aura jamais de vie de prière authentique si, chaque jour, ***nous ne réservons pas de manière exclusive un long temps pour la prière personnelle.*** Et cela, même si elle se vit dans les distractions, la désolation et la sécheresse !

*

J'ai vécu, je le sais, sur mes réserves ! Merci à Dieu d'avoir gardé vivant en moi ce désir de le trouver. Et le désir de la prière a refleuri à la suite de la découverte du Renouveau, de mes engagements dans le ministère de guérison intérieure. J'ai recommencé à avoir un temps de prière personnelle avec, par-ci par-là, une adoration, la participation au groupe de prière, la prière prolongée durant les retraites, des efforts pour prier le soir après une journée harassante.

La vie nouvelle a repris vigueur quand, avec l'aide de Dieu encore une fois, j'ai décidé de me défaire de la télévision. L'exemple de David Wilkerson dans *La croix et le poignard*[5], n'avait pas été inutile ! Un jour, j'ai reçu ces cassettes que j'ai écoutées à plusieurs reprises. L'Esprit Saint était réellement à l'œuvre à travers ces enseignements ! Quelque chose m'attirait chez le pasteur Yonggi Cho. Tout en commençant à suivre son parcours de prière, *j'ai commencé à demander chaque jour la grâce de la prière.*

Après quelques mois, j'ai modifié ce parcours de prière en m'inspirant de la liturgie de la Parole dans l'Eucharistie. La prière est la même, c'est le cadre qui est différent ! Depuis lors, je continue ce parcours de prière plus adapté. On le découvrira à la suite de celui du pasteur. À l'heure actuelle, pour suivre le Christ de plus près, pour être fidèle à Dieu et à l'esprit de l'enseignement de Yonggi Cho, je devrais sans doute demander au Seigneur la grâce de prier trois heures chaque jour, comme le Christ à Gethsémani ! Ce n'est qu'un début !

Je vous propose de lire, quand vous en aurez l'occasion ce récit débordant de la puissance du Saint Esprit et de prendre connaissance du parcours de prière qu'il appelle son *"jogging" de* prière.

Vous trouverez encore dans cet ouvrage divers autres *"parcours"* de prière, dont un qui est inspiré de l'ouvrage de Jean Pliya, *Priez comme un enfant de Roi.* Au moment où son livre est sorti de presse, j'avais commencé à rassembler des textes dans le même esprit. Son ouvrage m'a dispensé de continuer sur ma lancée, car j'ai beaucoup apprécié sa démarche de prière ; cependant, il me fallait persévérer dans l'*apprentissage de la prière et de la louange*.

Vous découvrirez ensuite un chapitre consacré à la prière de la Passion du Seigneur. À ce sujet, permettez-moi de vous partager ma conviction profonde en ce qui concerne la prière de louange et la bénédiction : ***c'est dans la Croix du Christ et sa passion bienheureuse qu'il faut chercher la source de la louange et de la bénédiction.***

Ce n'est pas pour rien que le Seigneur a permis à Merlin Carothers de faire l'expérience de l'ivresse de l'Esprit telle qu'il la relate dans son ouvrage *De la prison à la louange*. On ne peut apprendre à louer et à bénir que dans la mesure où on se sait aimé par Dieu à ce point-là ! Tant qu'on n'a pas contemplé le mystère de Jésus en croix, le mystère de sa passion d'amour, tant qu'on n'a pas été mordu par le feu de son amour brûlant, il est impossible de louer en vérité.

Êtes-vous heureux que Jésus ait souffert sa passion pour vous ? Commencez donc à le louer et à bénir en toutes circonstances ! La *reconnaissance* est aussi ce *chant nouveau* qui jaillira de votre cœur quand il aura goûté cet amour fou du Christ ! Je ne vous demande pas de me croire : faites l'expérience !

Enfin, vous trouverez des parcours de prière qui vous permettront, si c'est nécessaire, d'apprendre à louer et à bénir. C'est là leur seul but. *Permettez à votre cœur de se dilater dans le Seigneur !*

Pardonnez-moi de le redire encore : il n'est pas possible d'apprendre à louer Dieu si l'on n'a pas une vie de prière sérieuse. Quand vous aurez demandé la grâce de la prière pendant un certain temps, ***demandez alors la grâce de louer et de bénir en toutes circonstances…***

Laissez jaillir des mots, des phrases, des louanges à notre Dieu, à haute voix, en prononçant les mots de manière à les entendre. Ce sont des mots qui, la plupart du temps, ne font pas partie de votre vocabulaire ! Louer Dieu, ce n'est pas seulement lui rendre grâce pour le beau temps, pour la beauté de la nature et pour une bonne digestion ! Si vous bénissez Dieu, c'est pour ce qu'il est et ce qu'il fait, pour sa gloire !

Vous pouvez aussi tenter l'expérience à deux ou à plusieurs, en alternant les formules de bénédiction et de louange. C'est encore beaucoup mieux, car ***la prière devient vraiment prière quand elle se vit en communauté ou en union avec le Corps du Christ.*** Quand vous êtes réunis au nom du Christ, il est au milieu de vous !

Ne craignez pas de faire participer tout votre être à la prière. Sans crainte, *"levez les mains vers le Seigneur", "criez de joie", "exaltez", "soyez dans l'allégresse", "louez-le au son des instruments", "battez des mains"*, comme le suggère la Bible !

Puissiez-vous vous détacher au plus vite des textes contenus dans ce livre pour louer avec le cœur, avec votre vie, et faire ainsi véritablement oraison. Si vous êtes renouvelés par la bonne nouvelle de l'amour de Dieu, l'Esprit va chanter en vous un ***chant nouveau.***

Quand la prière deviendra véritablement *vôtre,* elle sera véritablement un *chant nouveau !*

C'est le chant du Royaume, celui des noces, celui du Bien-Aimé, de la Bien-Aimée pour leur unique Amour ! Et à moins de trahir volontairement l'amour du Seigneur, quelque chose va changer radicalement en vous : vous pourrez chanter, louer, bénir et rendre grâces, rire et pleurer de joie, comme un enfant !

Alors *“le Seigneur sera en vous en vaillant Sauveur!”* L’Esprit de Jésus, source jaillissante, chantera en vous le *cantique de l’Agneau!*

Merci, Seigneur, tu es merveilleux, tu es bon !
Je veux maintenant te chanter de tout cœur
et à pleine bouche.
Je chante et je bénis ton Nom :
avec tes bien-aimés,
je te bénis, Seigneur, dans toutes tes œuvres !
Béni sois-tu, loué sois-tu !
Je veux dire pour rendre grâce :
“Les œuvres de Dieu sont toutes bonnes !”
Merci, Seigneur, tu es merveilleux !
Je tiendrai en éveil ta mémoire, je ne dormirai pas,

Mon âme exalte le Seigneur,
exulte mon esprit en Dieu mon Sauveur !

Il s'est penché sur son humble servante ;
désormais tous les âges me diront bienheureuse.
Le Puissant fit pour moi des merveilles :
Saint est son Nom !

Son amour s'étend d'âge en âge
sur ceux qui le craignent ;
déployant la force de son bras,
il disperse les superbes.

Il renverse les puissants de leurs trônes,
il élève les humbles.
Il comble de biens les affamés,
renvoie les riches les mains vides.

Il relève Israël son serviteur,
Il se souvient de son amour,
de la promesse faite à nos pères
en faveur d'Abraham et de sa race à jamais.

2. *UN "JOGGING DE PRIÈRE"*

Un parcours de prière à la manière de Yonggi Cho

"Dieu m'a enseigné comment faire pour arriver à prier plus d'une heure." Telle est l'inspiration qu'a reçue du Seigneur le pasteur Yonggi Cho : voici une petite ébauche de son parcours de prière.

Dans un premier temps, j'ai essayé de vous faire comprendre que l'important, pour entrer dans le combat de la prière, c'était de demander d'abord à Dieu de nous en faire la grâce.

À la fin des *Exercices Spirituels*, saint Ignace propose de prier la *contemplation pour obtenir l'amour.* Il invite son retraitant à rendre grâce pour les bienfaits du Seigneur dans l'ordre de la vie naturelle et surnaturelle, et termine par la prière du *"Sume et suscipe"*, laquelle se termine par les mots : ***"Donne-moi ton amour et ta grâce, c'est assez pour moi"***, ou, comme le suggérait C. Aldunate dans sa traduction : ***"Donne-moi la grâce de t'aimer, c'est assez pour moi !"*** Le secret de toute prière, et de celle d'Ignace, c'est que *la prière est d'abord un fruit de la grâce divine !* Sans l'aide de Dieu, vous ne pouvez rien faire !

Découvrons maintenant ce *parcours de prière* que Yonggi Cho compare à son *jogging* matinal. C'est grâce à ce *"jogging de prière"* qu'il a appris à prier plus d'une heure ! Et vous pourrez faire de même.

Il est formidable de penser qu'à ceux qui font confiance à son amour de Père, Dieu donne la grâce et les moyens pour l'accueillir et la conserver. Comme l'Esprit Saint accorde une aide spéciale à ceux qui lui font confiance, la foi triomphera toujours quand ils se livrent à lui.

Je rends grâce au Seigneur d'avoir permis que les enseignements de Yonggi Cho soient pour moi une source de grâce et me fassent redécouvrir la prière. Même si son exégèse est parfois un peu courte, comme c'est le cas pour certains commentaires un peu "vétéro-testamentaires", il s'est servi de lui pour toucher mon cœur.

Dieu est merveilleux quand il fait miséricorde, il ne cesse de nous inviter à revenir à lui et de nous faire signe de la manière la plus inattendue !

"Dieu m'a enseigné comment faire pour arriver à prier plus d'une heure." Grâce à cette inspiration, Yonggi Cho a découvert une manière de prier. Il parcourt le chemin qui va de l'entrée du Tabernacle (la Tente de réunion), jusqu'au Saint des Saints. Les six étapes permettent de parcourir un *chemin de prière structuré et fécond* :

– L'autel des holocaustes,
– La cuve des ablutions,
– Le chandelier à sept branches,
– La table avec les pains de proposition,
– L'autel des parfums,
– Le Saint des Saints.

Après avoir prié longtemps comme le suggérait Yonggi Cho, j'ai composé ce parcours de prière qui s'inspire de ses enseignements. Et qu'il me pardonne si je n'ai pas toujours été fidèle à ce qu'il voulait transmettre.

*

Tandis que ton Peuple traversait le désert, Seigneur,
tu veillais sur lui, tu le guidais, tu le protégeais.
Toi qui es un Père pour Israël, nous te rendons grâce !
Tu es un Père aimant, tu prends soin de ton peuple,
béni sois-tu, Seigneur !
Tu es proche de ta famille, Père
tu habites la louange d'Israël,
Louange et gloire à ton Nom !
Tu es le Dieu fidèle, éternellement !
Tu nous invites à t'adorer chaque jour,
à laisser monter vers toi l'encens de notre prière,
Tu habites notre cœur, nous sommes ton temple,
béni sois-tu, Seigneur !
Nous sommes la demeure du Saint-Esprit,
louange à toi, Saint-Esprit !
Nous sommes ton peuple, les brebis de ton bercail,
le troupeau que mène ta main,
gloire et louange à toi !

Toi qui habites nos cœurs :
nous ne devons pas courir au loin pour te trouver,
tu es présent au cœur de nos vies !
Nous pouvons t'adorer en nous-mêmes.

Je te rends grâce
car tu ne cesses d'enseigner tes enfants !
Gloire à toi, Seigneur !
Pour les signes que tu nous donnes, merci !
Tu veux nous faire comprendre ton plan d'amour
à travers la disposition même du tabernacle.
Merci de m'inviter aujourd'hui
à me tenir en ta présence,
et de faire ce chemin de prière pour te rencontrer.
Je bénis ta présence au milieu de ton peuple.
Je me réjouis de ta puissance,
ton secours me remplit d'allégresse !
Gloire à toi, Seigneur !
Gloire à toi car le temps des symboles est fini :
Gloire à Jésus, présence du Père sur cette terre,
c'est en lui que repose la plénitude de la divinité.
Béni sois-tu ! Loué sois-tu !
Tu es vraiment présent parmi nous, tu nous aimes !
Je t'aime et je t'adore !

1. L'autel des holocaustes

Merci, Seigneur, pour cet autel de bronze,
où les prêtres sacrifiaient les victimes,
versaient le sang, brûlaient la chair des offrandes.
Reçois tous les sacrifices de l'ancienne Alliance,
le cœur de l'homme qui te cherche !
Je te rends grâce pour tout pardon,
pour toute réconciliation.
Merci, Seigneur Jésus,
c'est ta croix sur le Calvaire le vrai autel.
Tu es l'unique Prêtre,
et la seule offrande qui soit agréable au Père.
Tu as donné ta vie pour le salut du monde.
Je t'adore, Jésus Sauveur,
tu as pris sur toi le péché du monde,
le mien, en particulier.
Tu nous as libérés de tout jugement.
Nous sommes vraiment sauvés quand nous croyons en toi !
Je t'adore, Jésus Christ,
pour cette grâce merveilleuse !
Pour tout ton amour et pour ton sang versé,
pour ta miséricorde et ta fidélité :
béni sois-tu !
Je t'aime, Seigneur !
Par ta croix, tu as vaincu Satan, tu l'as désarmé.
Il a perdu toute sa puissance,
son Royaume est détruit.
Par ton sang tu m'as délivré d'un plus fort !

Merci, Jésus, car ton sang m'a libéré !
Je n'ai plus peur de Satan
ni de toutes ces hordes de mauvais esprits.
Je suis vainqueur en toi du Monde des ténèbres,

je te loue et je te rends grâce !
Merci, Jésus, tu as détruit le mur de la haine,
tu nous as réconciliés avec Dieu !
Adam avait introduit l'inimitié entre Dieu et nous,
et toi, tu as fait de nous tes frères !
Merci de m'avoir libéré de toute malédiction ;
je crois que je suis maintenant de la race d'Abraham.
Dieu de tendresse, lent à la colère,
plein d'amour et de miséricorde : tu m'aimes !
Moi aussi je veux t'aimer !
Gloire à toi pour cette communion d'amour
à laquelle tu m'appelles !
Pour le Saint Esprit que tu as déversé dans mon cœur
et qui est le lien de l'amour,
gloire à toi !
Je t'aime, je t'adore, Père,
j'adore la puissance du sang de Jésus !
Merci, Jésus, pour la guérison que tu me donnes,
tu as pris sur toi mes infirmités,
et c'est par tes blessures que je suis guéri.
Louange à toi ! Gloire à toi, Seigneur !
Désormais je suis béni en toi, gloire à toi !
Tu m'as libéré du jugement et de la condamnation,
tu m'as ouvert la porte du Royaume :
merci, Seigneur, tu m'as délivré !
Maintenant que je vis ce temps de grâce,
je te remercie, je te loue.
Gloire à toi, mon Dieu !
Puisque tu m'as donné ton Esprit,
et que tu m'as fait fils du Père en toi,
je te loue, j'exulte de joie !
Désormais je serai béni,
tu me donneras ton Esprit.

2. La cuve des ablutions

Jésus, je suis chrétien, tu m'as lavé dans ton sang,
donne-moi de vivre maintenant comme un chrétien,
non pas en faisant semblant, mais en vérité.
Je ne veux pas être chrétien de nom seulement,
mon cœur doit être sincère.
Par ta Parole et par ton Esprit
fais de moi un homme juste, un homme honnête.
Je ne veux plus mentir ni à toi ni à mon prochain.
Père, fais de moi un homme honnête, un homme fidèle !
Que je puisse pardonner, aimer les gens.
Qu'il n'y ait aucune haine dans mon cœur.
Fais de moi un homme repenti et réconcilié.
Fais de moi un homme doux, humble,
un homme très doux et très humble !
Sanctifie-moi par ton Esprit !

3. Le chandelier à sept branches

Gloire à toi, ô Dieu, dans ta sainte demeure !
Saint-Esprit, tu es vraiment la seule lumière
qui me permette d'être dans la clarté devant Dieu.
Il n'y a que toi qui puisses expliquer Dieu !
Tu es avec moi maintenant,
je t'accueille, je t'adore, je te rends grâce.
Ô cher Esprit de Dieu, je te loue !
Tu es l'Esprit de sagesse, accorde-moi ta sagesse.
Esprit d'intelligence, accorde-moi ton intelligence !
Esprit de conseil, accorde-moi ton conseil de sagesse.
Esprit de force, fais de moi un homme fort.
Esprit de la connaissance de Dieu, révèle-moi Dieu,
fais-moi connaître et aimer Jésus.

Esprit de crainte de l'Éternel,
permets que je puisse marcher humblement devant Dieu
avec la crainte de l'Éternel.
Ô saint Esprit, sans toi je ne peux rien faire,
mais par toi Dieu peut faire des merveilles.
Saint Esprit, je t'adore, je te remercie,
je me soumets à toi.
Conduis-moi avec la grâce de Jésus Christ
et l'amour de Dieu le Père.
Avec toi je vais pouvoir annoncer Jésus Christ
à une génération qui se perd.
Cher Saint Esprit, mon pasteur et mon chef,
je veux t'obéir. Gloire à toi !
Viens me visiter et m'aider à chaque instant de ma vie,
toi, mon avocat, mon maître, mon berger,
mon guide et mon consolateur !
Je te reconnais comme une personne,
tu es bien plus qu'une expérience.
Saint Esprit en moi et avec moi,
donne-moi l'amour de Dieu le Père
et la grâce de Jésus Christ.
Viens, Saint Esprit, réchauffe le monde de ton souffle,
réveille les chrétiens, ressuscite ton peuple !
Envoie une nouvelle Pentecôte sur le monde,
que Jésus soit vivant en moi et que j'aime le Père !
Allume un feu d'amour dans ce monde
que j'aime mes frères comme Jésus les aime.
Gloire à toi !

4. Les pains de proposition

Merci, Seigneur, pour cette nourriture
que tu nous donnes en abondance.

Tu nourris toujours ton peuple, Seigneur,
tu le nourris d'un jardin de délices !
Merci pour ton Corps et pour le Pain de ta Parole.
Merci pour la surabondance de tes biens !
Père, permets-moi de manger le pain de la Parole,
que je la savoure pour y trouver la force.
Fais-moi découvrir à travers la Parole
qui est Dieu et qui est Jésus Christ.
Donne-moi cette Parole vivante
pour qu'à mon tour je la donne à d'autres.
Père, donne-moi faim et soif de la Parole,
car c'est elle qui suscite la foi en mon cœur.
Père, que j'aime ta Parole,
qu'elle soit une lampe sur mes pas !

5. L'autel des parfums

Me voici pour t'adorer, pour te louer, Seigneur !
Que ma prière devant toi, s'élève comme l'encens,
et mes mains comme l'offrande du soir !
Que ma prière soit véritablement un encens,
une louange à la gloire de ton Nom !
Gloire à toi, le Dieu qui fait des merveilles !
Merci, Seigneur, pour toutes les merveilles :
tu as sauvé ton peuple de l'Égypte ;
tu l'introduis dans la Terre promise.
Merci pour l'histoire de mon pays, celle de ma famille,
merci pour mes parents, mes amis,
merci pour tous tes enfants.
Je ne saurai jamais assez te rendre grâce, Seigneur,
car tu as fait pour moi des merveilles d'amour.
Merci parce que tu es mon Père,
moi, je serai à jamais ton enfant.

Merci, parce que je ne crains plus rien désormais :
Que je meure ou que je vive, tu es mon Roi,
je veux t'obéir, te faire confiance !
Je veux t'exalter, te bénir toujours et à jamais !
Vers toi qui es fidèle et bienveillant,
je lèverai les yeux, j'invoquerai ton nom !
Ma bouche dira sans cesse ta louange !
Je te bénirai car tu es mon Roi, mon Dieu !

6. Le saint des saints

Me voici dans ta sainte demeure pour t'adorer,
te louer, te rendre grâce, Seigneur !
Je me prosterne devant l'arche d'alliance.
Elle est l'image de Jésus mon Sauveur.
Béni sois-tu, parce que sur lui repose ta gloire !
Son corps livré pour moi, son sang versé pour moi
valent plus que tous les sacrifices.
Il est mort pour que nous vivions,
il est vivant pour nous faire vivre éternellement !
C'est par lui que nous sommes justifiés, sanctifiés.
Merci, Seigneur, pour les dix commandements,
merci pour ta loi d'amour !
Merci, Jésus, toi, notre nouvelle alliance,
tu es l'assurance de mon salut.
Merci, Jésus, tu es vraiment la manne de ma vie !
C'est de ta main que je veux recevoir le pain de vie,
donne-moi chaque jour la manne vivante,
le pain de ta Parole, le pain de ton Amour.
Jésus, tu es ma vie, ma résurrection, je t'aime !
Béni sois-tu, Père de notre Seigneur Jésus Christ !
Je ne veux pas servir d'autres dieux que toi !
Père, tu es la source de toute ma vie,

comble-moi de ton amour, donne-moi ta grâce,
donne-moi le pain de ce jour,
apprends-moi à faire ta volonté.
Bénis tous ceux que j'aime,
comble de biens ceux que je ne sais pas aimer.
Bénis ceux qui m'ont offensé et humilié,
révèle ton amour à ceux que j'ai scandalisés.
Bénis tous ceux qui m'ont demandé de prier pour eux :
guéris-les, sauve-les, change leur cœur.
Père, glorifie ton Nom !
Saint-Esprit Amour,
chante en mon cœur un chant nouveau !
Je veux vraiment te chanter, Seigneur, un chant nouveau,
car tu as fait des merveilles ! Alléluia !
Je te loue dans l'assemblée de tes fidèles !
Toi, mon Créateur, tu es la joie de ton peuple,
tu es l'allégresse de ton Église !
Seigneur, j'ai du mal à lever les mains vers toi,
à exulter de joie, à danser pour toi.
Je ne sais pas faire résonner les tambourins,
ni jouer de la cithare,
mais je veux me réjouir en toi, mon Dieu !
J'exulte dans mon cœur : tu es mon Roi, mon Sauveur !
Merci, Seigneur, parce que tu aimes ton peuple !
Merci parce que tu relèves le pauvre,
et que tu donnes aux humbles l'éclat de la victoire.
Avec tous les saints, avec tous ceux qui t'aiment
je veux chanter ton nom et te rendre gloire !
Gloire à toi, mon Dieu !
Je suis dans la joie parce que tu triomphes !
Je suis dans l'allégresse parce que tu es mon Père
et que je suis ton enfant !

Saint, Saint, Saint, tu es Saint, Seigneur !
Le ciel et la terre sont remplis de ta gloire.
Hosanna au plus haut des cieux !
Je dis en toute conscience aujourd'hui :
"Béni soit celui qui vient au nom du Seigneur !"
Je t'accueille dans mon cœur et dans ma vie,
je te reçois comme mon Sauveur et mon Seigneur !
Je me réjouis en toi, mon Dieu : tu es ma joie !
Marana Tha ! Viens, Seigneur Jésus !
Amen ! Alléluia !

Et maintenant, de tout cœur,
et à pleine bouche,
chantez et bénissez le nom du Seigneur !

Si 39, 33

3. *UN PARCOURS PERSONNEL DE PRIÈRE*

Après la découverte du parcours de prière de Yonggi Cho, j'ai été poussé à modifier celui-ci en suivant plutôt le schéma de la liturgie de la Parole dans l'Eucharistie.

Chacun de nous est appelé à prier d'une façon très personnelle. N'est-ce pas sainte Thérèse d'Avila qui disait que *"l'oiseau chante comme son bec est fait"* ?

Tel est la première règle de toute prière, en particulier en ce qui concerne la louange. Gardez-vous de *"réciter des prières"*, de rabâcher des formules ! Quand vous participez à la louange, quand vous utilisez des prières toutes faites, ayez le souci d'intérioriser ce que vous lisez : nous ne sommes pas des perroquets !

Le schéma du *parcours de prière* n'a d'autre but que de structurer la prière et d'aider à se mettre en présence du Père, du Fils et de l'Esprit. Avec ce parcours, je propose de passer au moins une heure dans la prière, mais adaptez-la à votre prière personnelle.

Après vous être mis en présence de Dieu, faites le signe de la croix et tenez-vous sur le Calvaire. La

Trinité est présente avec le Christ en croix. Là, vous reconnaîtrez votre péché et demanderez la grâce du pardon. Vous implorerez alors les lumières de l'Esprit pour prier la Parole. Ensuite, rendez grâce au Seigneur pour tout ce que vous avez reçu. Vous n'oublierez pas de demander au Père tout ce que vous voulez obtenir et vous intercéderez pour les besoins de vos frères et sœurs et pour l'Église du monde entier. Vous prendrez enfin congé du Seigneur en faisant un colloque dans lequel vous ramasserez, comme en un bouquet, tout votre amour et votre reconnaissance !

*

✠ Au nom du Père et du Fils et du Saint Esprit.
Seigneur, mon âme t'adore
par les clartés de l'aurore.
Béni sois-tu, Père, Fils et Saint Esprit.

✠ Gloire à toi, Père saint,
gloire à toi, Fils bien-aimé,
gloire à toi, Saint-Esprit Amour !

✠ Je me prosterne devant toi, mon Seigneur,
pour t'adorer, te louer et te servir.
Divine Majesté, mon Dieu, me voici en ta présence.
Éveille-toi, mon cœur, pour louer le Seigneur !
Éveille-toi, mon âme, que j'éveille l'aurore !
Le Seigneur a fait merveille, éternel est son amour !

Donne-moi, Père, pour te rencontrer,
l'humilité aimante, le respect et la vénération.

Que toutes mes motivations,
mes décisions, mes actions,
soient ordonnées pour le service et la louange
de ta divine Majesté.

✝ Prends, Seigneur, et reçois, toute ma liberté,
ma mémoire, mon intelligence et toute ma volonté.
Tout ce que j'ai, tout ce que je possède,
tu me l'as donné : à toi, Seigneur, je le rends.
Tout est à toi : disposes-en selon ton bon vouloir.
Donne-moi seulement la grâce de t'aimer,
c'est bien assez pour moi (St Ignace).

✝ Seigneur, accorde-moi aujourd'hui la grâce
de mieux te connaître
afin de mieux t'aimer et te suivre,
afin de te servir et de servir mes frères,
pour la louange et la gloire de ta divine Majesté.

1. Le signe de la croix

✝ Je te rends grâce, Seigneur, tu es toute bonté !
Éternel est ton amour !
Que le dise le peuple des rachetés :
éternel est ton amour !
Que le dise le peuple de tes bien-aimés :
éternel est ton amour !
Que le disent ceux qui te reconnaissent
comme leur Dieu, qui t'adorent et te vénèrent :
éternel est ton amour !
Seigneur, Dieu de nos pères, mon Dieu, mon Sauveur,
toi, l'Unique, entends ma prière, viens à mon secours,
car je n'ai d'autre secours que toi.

C'est toi qui as fait le passé,
ce qui arrive maintenant
et ce qui arrivera plus tard.
C'est toi qui as fait le ciel et la terre
et les merveilles qui sont sous le firmament.
Tu es le maître de l'univers,
et il n'y a personne qui puisse te résister.
Toutes tes voies sont préparées
et tes jugements portés avec prévoyance.
À toi le nom de Seigneur ! Tu connais tout.
Ta force ne réside pas dans le nombre,
ni ton autorité dans les violents,
mais tu es le Dieu des humbles,
le secours des opprimés, le soutien des faibles,
l'abri des délaissés, le sauveur des désespérés.
Oui, Dieu de mon père, Dieu de l'héritage d'Israël,
Maître du ciel et de la terre, Créateur des eaux,
Roi de toute la création, toi, entends ma prière !
Ta force, Seigneur, l'emporte sur tous,
écoute la voix des désespérés,
tire-moi de la main des méchants,
libère-moi de toute peur.
Fais-moi connaître que tu es le Seigneur,
Dieu de toute puissance et de toute force,
et que je n'ai d'autre protecteur que toi.
Maintenant, je veux te chanter un cantique nouveau :
Tu es grand et glorieux, Seigneur,
admirable et invincible !
Que toute ta création te serve !
Car tu as dit et les êtres furent,
tu envoyas ton souffle et ils furent créés ;
personne ne peut résister à ta voix.
Les montagnes crouleraient-elles
pour se mêler aux flots,

les rochers fondraient-ils
comme la cire devant ta face,
qu'à ceux qui t'adorent tu seras encore propice.
Celui qui adore le Seigneur sera grand toujours.
(Judith)

✠ Père, je crois que tu nous as créés par amour,
pour faire de nous tes bien-aimés !
Tu nous as créés pour la communion !
Tu nous as encore aimés davantage en nous sauvant.
Loué sois-tu !
Avec un grand respect, ce matin,
je fais sur moi le signe de la croix de Jésus,
ton Fils, ton Unique.
C'est le signe de ton amour,
le gage du salut que j'espère,
la preuve de ta fidélité et de ta douce bonté !
Gloire à toi, Seigneur de gloire,
tu attires tout à toi !
Jésus, je me mets en esprit au pied de ta croix :
je t'adore et je te loue !
Je viens te parler comme un ami parle à son ami.
Je te contemple devant moi, cloué sur la croix.
Comment toi, mon Créateur,
en es-tu venu à te faire homme ?
Comment, de la vie éternelle,
en es-tu venu à la mort temporelle,
et à mourir pour mes péchés ?
Tu as été crucifié pour moi, tu m'as pardonné.
Gloire à toi, mon Seigneur !
Merci pour ton pardon et ta miséricorde !
Tu m'as libéré de toute condamnation :
tu m'as ouvert la porte du Royaume !
Tu m'as libéré de l'esclavage de Satan,

tu as rompu toutes les chaînes. Merci Seigneur !
Rien ne pourra plus jamais me séparer de toi !
Tu m'as aussi guéri,
tu m'as rendu la force et la vigueur par ton nom.
Tu as pris sur toi toutes mes infirmités,
mes maladies, mes blessures. Béni sois-tu !
Je crois vraiment que je fais partie,
aujourd'hui, de ton Peuple saint,
de la Race choisie, du Sacerdoce royal.
Je suis moi aussi de la descendance d'Abraham !

✠ Seigneur, qu'ai-je fait pour toi ?
Que dois-je faire pour toi ?
Que ferai-je pour toi ?
Te voyant ainsi suspendu à la croix,
je te loue et te bénis, mon Sauveur.
Que ta douce bonté, Jésus bien-aimé,
fasse fondre la dureté de mon cœur
et me libère de tout aveuglement ;
que je sois blessé d'amour
grâce à cette divine compassion dont tu m'as aimé.
Que ta passion d'amour soit ma force et ma vaillance.
Je ne veux plus aimer et servir que toi !

*

Gloire à toi, ô très douce et très bénigne
très noble et très excellente,
ô très joyeuse et glorieuse,
ô resplendissante et toujours tranquille Trinité
pour les plaies vermeilles de mon unique Bien-Aimé !

Pour intérioriser la prière au pied de la croix, on peut encore s'inspirer de l'une ou l'autre prière du chapitre 7, pp. 112 ss.

2. Seigneur, prends pitié !

Jésus, en nous faisant participer à ton mystère pascal,
tu nous plonges dans le sang et dans l'eau,
tu plonges notre vie dans l'océan de ton amour.
Je viens me laver à la source d'eau vive
qui coule de ton côté ouvert.
Oui, je suis pécheur devant ta face,
et ma faute est devant moi sans relâche.
Pécheur je suis, j'ai fait ce qui est mal à tes yeux.
Lave-moi dans ton sang, Jésus, et je serai purifié.
Je confesse devant mes frères que j'ai péché en pensée,
en parole, par action et par omission.
Oui, j'ai vraiment péché.
C'est pourquoi je supplie la Vierge Marie,
les anges et tous les saints
de prier pour moi le Seigneur notre Dieu.
Père, dans ta tendresse, fais-moi miséricorde,
pardonne mes péchés et conduis-moi dans le Royaume !
Mon Seigneur, je suis vraiment triste
de t'avoir fait de la peine, de t'avoir offensé,
je te demande pardon car tu es l'amour !
Tu es infiniment parfait, souverainement aimable.
Jésus, tu m'as lavé dans ton sang,
ne permets pas que j'entre au conseil des méchants,
que je suive la voie des pécheurs,
ou m'assoie près de ceux qui ricanent.
Convertis mon cœur par ta Parole,

restaure en ma poitrine un esprit saint,
donne-moi ta justice et ta vérité.
Par la grâce de ton Saint Esprit,
fais de moi un homme réconcilié,
donne-moi la grâce de pardonner
à tous ceux qui m'ont offensé.
Permets que je t'aime comme un frère
et qu'en toi je chérisse mes frères et sœurs humains.
Toi qui es doux et humble de cœur
et qui m'invites à te confier mon fardeau
pour me soulager,
je te confie mes fautes, ma fragilité,
mes limites, ma misère.
Rends-moi doux et humble,
enlève de mon cœur toute trace d'orgueil,
de vanité ou de ressentiment.
Et qu'avec ton aide,
je puisse prendre sur moi ton joug,
ta loi d'amour, ta croix glorieuse !
Béni sois-tu, loué sois-tu, Seigneur !

Pour la prière de pardon, on peut aussi utiliser la prière à la manière de Jean Pliya, cf. chapitre 4, p. 57 ss.)

3. Donne-moi ton Esprit

Béni sois-tu, Seigneur Jésus !
Tu nous as donné ton Esprit au baptême.
Il est vraiment la seule lumière
qui me permette d'être dans la lumière
en présence de la Trinité Sainte.

Il n'y a que toi qui puisses nous expliquer Dieu !
Ô Esprit du Père et du Fils, je t'adore !
Je crois en toi, je t'aime !
Tu es vraiment l'Esprit du Père et du Fils,
le cœur de la Trinité sainte !
Tu es le Dieu puissant et terrible :
tu ne supportes pas le mensonge ni l'hypocrisie !
Il est vraiment terrible de tomber entre tes mains !
Fais-moi connaître et aimer Jésus Christ.
Donne-moi le goût de la Parole.
Donne-moi l'amour de l'Eucharistie,
que je livre ma vie pour mes Frères.
Esprit de feu, maître de la moisson, mon avocat,
mon guide, mon consolateur, mon berger, je te loue !
Seigneur, Saint-Esprit bien-aimé,
j'ai besoin d'une nouvelle effusion de ta grâce !
Fais-moi la grâce d'un réveil,
d'une nouvelle Pentecôte !
Je te demande cette grâce de me décider pour Dieu,
de prendre la décision de suivre Jésus
sur le chemin de l'Évangile.

*

Ô Saint Esprit, Esprit d'amour, embrase-moi,
fais-moi vivre selon ta discipline !
Sois le Maître en moi : corrige-moi, dirige-moi,
enseigne-moi, fortifie-moi, guide-moi !
Sois le feu en moi : brûle-moi d'amour,
purifie-moi, sanctifie-moi !
Sois lumière et vérité : ouvre mon cœur à la Parole,
donne-moi l'intelligence de tes signes,
fais de moi le témoin des merveilles du Père.
Donne-moi d'être reçu à la suite de Jésus,

révèle-moi le Père.
Viens redresser en moi ce qui est tordu,
libère-moi de mes masques, mes peurs, mes défenses.
Libère-moi de toute tristesse et de tout repli sur moi :
donne-moi ta joie, ton allégresse, ton ivresse !
que Marie soit ma maman
et celle de tout ce petit peuple des tiens !
Ô Saint Esprit, donne-moi la grâce
de vivre en présence de Dieu et de faire sa volonté ;
donne-moi la grâce de la prière et de l'évangélisation.
Donne-moi tous les dons et charismes
dont tu veux me combler pour servir les frères.

4. La Parole de Dieu

Ta Parole est vérité et ta loi délivrance !
Ta Parole est droite et toute ton œuvre est vérité !
Ta Parole est pure, Seigneur. Béni sois-tu !
Ta Parole, comme l'argent passé au feu,
sept fois épuré !
Tu parles, et cela est,
tu commandes et cela existe.
Par ta Parole les cieux ont été faits,
par le souffle de ta bouche toute leur armée.
Tu révèles ta Parole à tes enfants,
tes jugements à ton peuple.
Seigneur, que ton amour ne soit pas épuisé,
que ta Parole ne se taise pour toujours !
Puisque ton amour est bâti pour toujours,
parle-nous encore aujourd'hui.
Lorsque je rencontre tes paroles, je les dévore,
elles font ma joie, les délices de mon cœur,
car ton Nom a été invoqué sur nous,

Seigneur de l'univers !
Proche est ta Parole, proche est ton amour !
Aujourd'hui tu nous parles : proche est ton amour !

Béni sois-tu, Père, pour Jésus, le Verbe, la Parole !
Par lui tu te révélas à nous, tu te fais connaître.
Tu dis ce que tu fais et tu fais ce que tu dis !
Tu nous invites à la conversion et à la repentance !
Tu nous ouvres les secrets de ton Cœur !
Tu nous pardonnes et nous relèves !
Tu nous offres la délivrance et la guérison !
Tu nous appelles à l'amour et au don de nous-mêmes !
Tu nous offres le bonheur et la paix sans fin !
Ta Parole, Seigneur, est une lampe sur mes pas !
Ta Parole est source de vie et de résurrection !
Merci, Père, pour ce glaive de la Parole !
Merci pour la Parole créatrice et source de vie !
Pour cette nourriture qui vaut plus que le pain,
Pour cette source de vie qui coule en abondance,
Pour cette lettre d'amour qu'est ta Parole :
béni sois-tu, Seigneur !
Pour cette Parole qui nous dit qui est Jésus
qui sont le Père et l'Esprit Saint, béni sois-tu !
Pour cette Parole qui rend présents
ton Corps et ton sang, béni sois-tu, Seigneur !
Pour cette Parole qui porte du fruit en nous,
et que tu me donnes encore ce jour : Béni sois-tu !

C'est le moment de lire la Parole du jour ou celle que vous priez plus spécialement. Laissez-la descendre en vous : c'est Dieu qui parle.

5. Le psaume et la louange

Arrivé à cette étape du parcours de prière qui correspond au psaume responsorial dans la liturgie de l'Eucharistie, j'aime chanter le psaume 34 (33) qui a eu une telle place dans le chemin de la bénédiction (cf. chapitre 9 pp. 133-134). Il est bon de continuer à louer à la manière des psaumes, soit un psaume qui soit plus adapté à la Parole que vous priez, soit quelques bénédictions que vous puiserez dans un des chapitres suivants, soit encore ce cantique dans la fournaise" (cf. Je te bénirai... p. 159-160ss) composé à la suite de la lecture du dernier ouvrage de M. Carothers, Réponse à la louange. *Chaque strophe de ce cantique contient un élément de base de la louange.*

6. Au cœur de Dieu – Le colloque

Les familiers de la prière ignatienne ne seront pas déroutés par ce terme. Saint Ignace propose, dans ses Exercices Spirituels, *de terminer chaque méditation ou contemplation par ce qu'il appelle un colloque. "Faire un colloque, dit Ignace, c'est parler comme un ami parle à son ami ou un serviteur à son maître"*[7]*. En effet, on ne termine pas sa prière de n'importe quelle manière. C'est avec beaucoup de respect et d'affection qu'il faut prendre congé du Seigneur en lui rendant grâce et en le bénissant, mais aussi en demandant sa grâce, en intercédant* *pour les besoins de nos frères et du monde, en lui parlant comme un enfant.*

Comme ce genre de prière est éminemment personnel, je terminerai ce parcours de prière en proposant une prière inspirée des écrits de sainte Catherine de Sienne[8].

*

Ô Christ Jésus, notre réconciliateur, Ô Verbe d'Amour !
Ô fou d'amour !
Il ne te suffisait donc pas de t'incarner,
qu'encore tu aies voulu mourir !
De la longue lutte entre l'homme et Dieu
tu as fait la grande paix.
Je suis inexcusable de ne pas t'aimer, ô Dieu-Homme,
car tu m'as aimé sans être aimé de moi ;
je n'étais pas et tu m'as créée.
Tu t'es enamouré de moi,
tu m'as faite capable de goûter dans la joie
ton bien éternel.
Tu es la sagesse, je suis une ignorante créature.
Tu es la bonté souveraine ;
je suis la mort et toi la vie ;
moi les ténèbres ; toi, la lumière ;
moi, la folie, toi la sagesse ;
toi, l'infini, moi, le fini ;
moi, le malade, toi, le médecin.
Ô miséricorde, le cœur s'enflamme à penser à toi.
Hélas, j'ai péché ; prends pitié de moi.

Ô Dieu ! Ô Dieu ineffable ! Amour ineffable !
Bonté souveraine, par pur amour

tu nous as créés à ton image et à ta ressemblance.
Père, tu tiens et tu conserves toutes choses en toi.
Père tout-puissant, inestimable et très douce charité !
Dieu éternel et incompréhensible amour !
Grâces à toi pour tant d'amour que tu nous manifestes !
Tu es l'infinie Bonté.
Je rougis, moi qui suis tant aimée,
de ne pas t'aimer, toi l'Amour sans mesure.
Je te bénis, Père éternel,
pour qu'en retour tu me bénisses.
Apprends-moi à ne suivre en tout que ta volonté,
ton éternelle et toujours obéie volonté.
Je te rends grâce, Père éternel,
pour la bonté sans mesure que tu m'as témoignée.
C'est par cet amour ineffable
que je veux te contraindre et par lui que je te prie
de faire miséricorde à ta pauvre créature.
Cache-moi sous l'aile de ta miséricorde,
purifie la face de mon âme dans le sang de ton Fils.

*

✠ Ô Esprit Saint, viens dans mon cœur :
par ta puissance, attire-le à toi, ô Dieu vrai,
et accorde-moi la charité en même temps que la crainte.
✠ Ô Christ, garde-moi de toute mauvaise pensée :
réchauffe-moi et embrase-moi de ton très doux amour,
et toute peine me semblera légère.
✠ Ô mon Père saint, mon doux Seigneur,
maintenant aide-moi dans toutes mes actions.
Christ amour ! Christ amour !

4. *PRIER COMME UN FILS DE ROI*

Quelle joie de découvrir ce merveilleux témoin qu'est Jean Pliya du Bénin. Sa parole est d'or, elle a saveur d'évangile tant il est rempli de l'Esprit Saint !

Après avoir découvert le "*jogging de prière*" du pasteur Yonggi Cho, j'avais rétabli mon heure de prière quotidienne. Je pensais qu'il fallait aider d'autres à prier ; il fallait donc leur en donner les moyens.

J'ai alors rédigé un parcours de prière personnel, tel qu'il est présenté au chapitre précédent, et mis également sur le métier divers schémas de prière. Quelle joie quand j'ai trouvé le livre *Prier comme un enfant de Roi*[9]. Je me suis écrié : "Voilà ce qu'il faut pour aider à entrer dans la prière !" Je n'avais plus besoin de me fatiguer davantage, je disposais, me semblait-il, de l'instrument que j'aurais moi-même voulu mettre entre les mains de ceux et celles que je rencontrais.

Et pourtant, il me fallait encore insister ! Je devais encourager à entrer dans la prière, à louer et à bénir ! C'est pour cela que j'ai été amené à morceler ce texte inspiré du livre de J. Pliya.

Puisque vous éprouvez tant de difficultés à entrer dans la prière, voici un canevas tout préparé. Ces textes sont des prières vocales, dites-vous ! Gardez-vous de les réciter machinalement ! Arrêtez-vous donc là où vous trouvez du goût, rejoignez Dieu présent dans votre cœur. Vous trouverez ici une *manière de prier* qui vous offre une *structure* qui vous permettra de faire un *parcours de prière*, comme l'a si bien compris Yonggi Cho !

Jean Pliya sera heureux de découvrir que quelqu'un a partagé son intuition. Il le sera plus encore s'il apprend que vous avez trouvé le silence intérieur et la prière du cœur !

1. Me voici en ta présence, Dieu vivant...

+ Au nom du Père du Fils et du Saint Esprit. Amen.
Seigneur, mon Dieu, je bénis ton Nom ! Loué sois-tu !

Toi qui as fait le ciel et la terre,
c'est toi mon secours, béni sois-tu !

Ton amour est de toujours à toujours,
en toi je me confie, tu es mon Dieu ! Béni sois-tu !

Tu es Père, Fils et Saint-Esprit,
Éternel est ton amour, Dieu de nos pères !...

Mon âme a vraiment : soif de toi,
tout mon être te désire !...

Je suis comme une terre aride, desséchée, sans eau,
comme une biche qui cherche l'eau vive !...

Je voudrais entrer dans ta maison,
je voudrais gravir ta sainte montagne !...

Conduis-moi donc dans ta sainte demeure,
que je puisse me prosterner devant toi !...

J'ai les yeux fixés sur toi, je me tourne vers toi,
je me tiens tranquille, je m'unis à toi,
je me soumets à l'action de ton Esprit !...

Je ramène toutes mes pensées vers toi,
je m'offre à ton action...

Arrêtez-vous ! Faites silence, prenez conscience de la présence de Dieu ! Dans la foi, écoutez, parlez, dites-lui ce que vous ressentez, en toute simplicité.

2. Je crois que tu es là, présent, agissant

Mon Dieu, je crois que tu es présent dans mon cœur,
avec ta puissance, ton amour, ta bonté ! Loué sois-tu !

Dieu de mon baptême, tu habites en moi par la foi !
Père, Fils et Saint-Esprit, vous demeurez en moi !...

Chaque jour tu viens à moi, Jésus, mon ami,
chaque jour tu frappes à la porte de mon cœur !...

C'est merveilleux de savoir que tu connais mon nom,
que tu veux être avec moi maintenant !...

Me voici, tu es bienvenu chez moi, Seigneur
je t'ouvre la porte de mon cœur !...

Me voici pour me laisser aimer par toi,
je veux rester avec toi, t'adorer !...

Je sais que tu es patient et plein de bonté,
que tu attendras le moment de la rencontre !...

Désencombre mon cœur, fais le ménage, Seigneur,
car je veux te voir, éprouver ta présence !...

Ô toi dont le cœur est débordant d'amour,
tu es là près de moi, mais je ne te vois pas !...

Je crois que tu m'écoutes et que tu veux me répondre,
fais-moi percevoir la fraîcheur de ta présence !...

Je t'attends dans la pauvreté de mon cœur,
viens me combler de ta richesse, Jésus, mon ami !...

Faire silence – Croire, espérer et aimer le Seigneur.

3. Donne-moi ton Esprit Saint !

Seigneur, sans toi, c'est sûr,
je ne sais rien faire : donne-moi ton Esprit !

Puisque tu nous as promis de nous envoyer ton Esprit,
hâte-toi, Seigneur, viens à mon aide...

Esprit de puissance et de vérité,
Esprit, débordant de vie et de vitalité...

Père, je te demande l'Esprit, donne-le moi !
Qu'il vienne au secours de ma faiblesse...

Je voudrais apprendre à prier, cher Saint-Esprit,
je voudrais connaître Jésus pour rencontrer le Père...

Je voudrais connaître Dieu,
intercède pour moi, Saint Esprit de Dieu...

Jésus, donne-moi l'onction de ton Esprit d'amour !
donne-moi l'Esprit de prière et de louange...

Don du Dieu très haut, viens en moi,
Esprit de sagesse et d'intelligence, viens en moi...

Esprit de science et de piété, viens en moi,
Esprit d'adoration et de louange, viens en moi...

Esprit de grâce et de prière, viens en moi !
Toi qui t'exprimes en gémissements ineffables,
viens prier en moi !...

Cette faible foi qui est en moi,
ô toi qui es vivant au-dedans de mon cœur,
augmente-la, vivifie-la...

Je croirai à tout ce que me révéle ton Église,
je viendrai à cette vérité tout entière,
pour la gloire de ton nom !...

En toi, je mets ma confiance,
tu es ma seule espérance...

Je ne veux plus compter sur mes propres pensées
ni sur mes propres forces...

Puisque je suis ton fils et que tu es mon Père,
je revendique mon héritage dans ta maison...

Ma seule richesse c'est ta Parole,
je m'en remets a ta sagesse...

Seigneur, augmente ma foi en toi,
viens en aide à ma foi qui chancelle...

Qu'elle devienne tellement forte, ardente
que j'accepte d'opérer des signes en ton nom,
par la puissance de ton nom...

Merci pour ta grâce et pour tes grâces !
Merci pour tout ce que tu m'accordes...

Voici pour toi des sacrifices de joie,
je vais chanter pour toi, pour toi je louerai...

Écoute, Seigneur, ma voix qui t'appelle,
pitié pour moi, réponds-moi...

Mon cœur cherche ton visage, j'espère en toi.
Je verrai ta bonté sur la terre des vivants...

Faites silence et élevez vos cœurs vers lui.

4. Je reconnais mes péchés, je t'en demande pardon

Saint Esprit, tu viens pour nous corriger,
et nous amener à la repentance. Loué sois-tu !

Tu es l'Esprit de lumière et de vérité,
tu montres les faits tels qu'ils sont !
Pardonne-moi et prends pitié !

Tu nous dévoiles notre condition de pécheurs,
ta lumière éclaire nos secrets...

Seigneur, j'ai péché en pensée,
par mes réactions de mon cœur...

J'ai péché par les paroles de mes lèvres,
et par les actes de mes mains...

J'ai péché également par omission
en ne faisant pas le bien qui est à ma portée...

Je ne veux pas chercher, Jésus, à enjoliver,
à expliquer, dissimuler, excuser mes péchés...

Je ne veux pas cacher un péché grave
par un autre péché, je ne veux pas te mentir...

Saint Esprit, tu attends de moi une réponse honnête
à tout ce que tu me montres sur moi-même...

Marcher dans la lumière avec toi, Seigneur,
c'est accepter de voir ce que révèle cette lumière...

Merci de me montrer ce que signifie agir en vérité,
seule ta vérité me rend libre ! Merci, Seigneur !

Quand je dissimule mon péché, Jésus,
ton sang ne peut ni me purifier ni me procurer la paix,
Pardonne-moi et prends pitié, Seigneur !

Tu me pardonnes, tu me purifies,
si je confesse loyalement mon péché...

Toutes les prières du monde ne me donneront la paix
que si mon aveu est complet. Éclaire-moi...

Toi, Saint-Esprit, tu me conduis à regarder Jésus,
à pleurer sur mes péchés qui l'ont transpercé...

Tu m'envoies me laver au pied de la croix de Jésus,
pour que je sois purifié et guéri par son sang...

Quand j'aurai reconnu mon péché, Jésus,
quand je l'aurai confessé...

Quand j'aurai demandé pardon,
quand je serai résolu à réparer les torts causés...

Quand je déciderai à changer de vie,
alors tu me rempliras de la plénitude de l'Esprit...

Que je ne pense pas que je suis sans péché !
Que le "Père du mensonge", le diable ne m'abuse pas...

Esprit de puissance, d'amour et de vie,
donne-moi ta discipline !...

Si je veux que ma prière soit puissante,
je dois être sans pitié pour mes propres péchés...
Pardonne-moi, Seigneur, et prends pitié !

Quand je suis en communion avec toi dans la prière,
montre-moi, Seigneur, ce qui fait obstacle à la prière !

Que Satan n'aveugle pas mon intelligence,
qu'il ne m'empêche de voir et d'accepter mon péché !

Sonde-moi, connais mon cœur,
éprouve-moi et connais mes pensées...

Regarde si je suis sur une mauvaise voie !
Donne-moi ta lumière, fais-moi voir mon péché...

Que j'accepte d'en porter la responsabilité.
Je le confesserai et je le rejetterai...

Donne-moi la grâce de pardonner,
de demander pardon à ceux que j'ai offensés...

Si je refuse de pardonner,
ma prière, je le sais, ne sera pas exaucée...

Aussi je veux pardonner à ceux qui m'ont offensé,
à ceux qui ont provoqué en moi du ressentiment...

À ceux que j'ai rendu responsables de mes ennuis,
de mes difficultés, de mes échecs...

À ceux qui me doivent de l'argent ou toute autre chose
et ne me remboursent jamais...

Merci de me dire que c'est à cette condition
que moi-même je serai pardonné...

J'aimerai avec ta grâce dans mon cœur, Jésus,
les gens difficiles, désagréables, voire méchants...

Je dirai du bien, Seigneur, de ceux qui me maudissent,
je ferai du bien à ceux qui me haïssent,
Je prierai pour ceux qui me maltraitent...

Mets dans mon cœur le repentir, Seigneur !

Je viens à toi avec mes péchés :
tu m'interpelles : "Venez à moi",
prends pitié de moi, pécheur !

Voici tous mes péchés, j'en suis profondément attristé
je n'ai pas combattu jusqu'au sang pour m'en défaire...

Je t'implore, je te supplie,
libère-moi de mes péchés par ton précieux sang...

Je ne peux supporter d'avoir été libéré par toi
et d'être néanmoins esclave du mal...

Que la volonté de puissance,
l'esprit de domination ne me tournent pas la tête...

Que la beauté étrangère ne m'égare pas,
que le désir ne me pervertisse pas le cœur...

Pardonne-moi d'avoir mal agi envers toi,
envers tes commandements et envers les hommes...

J'ai commis l'injustice
et je me suis rendu coupable...
prends pitié de moi, pécheur !

Je veux me repentir de mon comportement inique,
de mes pensées, de mes paroles
de mes actes qui t'ont attristé et attristé les hommes,

Je veux me détourner des voies du péché, Seigneur !
Jésus, je renonce maintenant à ces péchés...

Aux séductions de Satan qui causèrent ma chute
et par lesquels je devins coupable...

Satan, ton ennemi juré, Seigneur Jésus,
est aussi mon ennemi juré,

Je veux haïr ces péchés reconnus devant toi,
je ne te laisserai plus piéger par l'ennemi...

Purifie-moi du mal caché.
Préserve aussi ton serviteur de l'orgueil...

Qu'il n'ait sur moi nul empire.
alors je serai irréprochable et pur du grand péché...

Je me tourne vers toi, ô Jésus,
Amour crucifié pour moi...

Je crois que ton sang précieux désormais
m'enveloppera et me protégera des assauts des démons,..

À toi, Seigneur Jésus Christ, qui es mon Sauveur,
je remets aujourd'hui à nouveau ma vie...

Je veux dès à présent mener une vie pour toi,
une vie à ton honneur et qui te réjouisse,
afin d'entrer un jour en vainqueur dans la gloire...
prends pitié de moi, pécheur !

Jusqu'à la fin, par la foi, je saisirai la victoire
que tu as remportée sur les liens de mes péchés...

Je sais que tu accomplis ta victoire en moi,
afin que ma vie témoigne de ta délivrance
et te loue sans cesse. Amen !

Ton amour, Seigneur, durera à jamais,
pour ceux qui gardent ton alliance,
Ô mon être, bénis le Seigneur !

5. Je te loue et je t'implore, Seigneur !

Seigneur, vers toi j'élève mon âme, je crie vers toi,
je te supplie, je crie au secours !
Je te rends grâce pour ta douce miséricorde !

Je lève les mains vers le ciel,
vers ta sainte demeure...

Seigneur, je voudrais vivre comme tu le veux,
suivre ton chemin, aimer comme toi...

Que ta fidélité soit mon guide,
tu es le Dieu de mon salut, je compte vraiment sur toi…

Depuis toujours, tu es un Dieu aimant et bon !
Pense à moi dans ta bonté, toi qui es si bon...

Purifie-moi par la puissance de ton Esprit
et par le sang de Jésus...

Que ta grâce surabonde là où avait abondé le péché.
Louange à toi avec mes frères dans la foi...

Sainte Vierge Marie,
toi qui es unie à ton Fils Jésus,
chante le Seigneur avec moi !

Anges et archanges du Seigneur,
adorez le Seigneur avec moi !

Saints et saintes du Seigneur,
louez le Seigneur avec moi !

Venez crions de joie pour le Seigneur,
acclamons le Rocher qui nous sauve !

Allons devant lui en rendant grâce,
et au son des musiques acclamons-le...

Car c'est lui notre Dieu
et nous sommes le peuple dont il est le berger...

Remercions le Seigneur de son amour,
de ses merveilles pour les hommes...

Laissez jaillir spontanément la louange pour Dieu : pour son amour prodigieux et ses merveilles, pour votre vie et pour toute la création.

6. Je m'offre à toi en ce début de journée

Seigneur, ouvre mes lèvres,
et ma bouche publiera ta louange !

J'ouvre largement ma bouche pour que tu la remplisses !
J'ouvre mon cœur, fais-moi la grâce de ta visite !

Je te loue, pour ce jour nouveau que tu me donnes.
Gloire à toi qui m'as donné la vie et l'être !

Je te suis reconnaissant d'exister.
de pouvoir me lever, marcher, respirer et parler...
Gloire à toi !

Merci de recommencer à vivre ton appel
dans la fidélité de ton amour...

Loué sois-tu pour tous mes membres de mon corps.
Loué sois-tu pour tous mes organes...

Loué sois-tu pour mon cœur,
il bat sans répit depuis ma naissance...

Merci de m'avoir donné un cœur nouveau,
un esprit nouveau...

Béni sois-tu pour mes yeux qui contemplent la lumière
et l'éclat de ta beauté...

Ouvre mes yeux pour que je voie bien
les merveilles de ta loi
et toutes choses comme tu les vois...

Béni sois-tu, Seigneur, pour mes oreilles.
Ferme-les à tout ce qui ne vient pas de toi...

Ouvre mes oreilles, éveille mon oreille,
pour que j'écoute comme un disciple...

Seigneur, je te consacre ma langue.
Que tout le jour elle soit remplie de ta louange...

Que jubilent mes lèvres !
Que ma langue tout le jour murmure ta justice...

Qu'elle reconnaisse tes bienfaits, bénisse, encourage,
exhorte, au lieu de juger et de condamner...

Seigneur, mets une garde à ma bouche.
Veille sur la porte de mes lèvres...

Empêche-moi de dire des paroles mauvaises,
de commettre le mal en compagnie des méchants...

Loué sois-tu, Seigneur, pour mes pieds,
ils font de moi le messager de la Bonne Nouvelle...

Merci, Seigneur, pour mes mains,
elles peuvent toucher les merveilles de ta création...

Elles aideront ceux qui ont besoin de moi
et bâtiront ton Royaume d'amour...

Apprends-moi, Seigneur, à donner généreusement,
à me donner sans compter,
sans espérer être payé en retour...

Gloire à toi, mon Dieu, pour mon ventre et mes dents
et pour la nourriture
qui devient le sang dans mon corps !
Guéris-moì de mes appétits déréglés...

Gloire à toi pour mon cerveau,
il régit mon être et le relie à l'univers...

Que par ta grâce je conforme mes pensées à tes pensées
et suive fidèlement tes voies...

Conduis-moi, Seigneur, selon tes pensées sur moi
et par ton chemin de vérité...

Loué sois-tu pour ma mémoire qui me rappelle tes bontés
et le passé qui a façonné mon visage d'aujourd'hui...

Gloire à toi, Seigneur, pour la merveille que je suis !
Tu m'as fait à ton image, ô Dieu,
je te bénis de toutes mes forces !...

Moi aussi, je m'avancerai vers toi comme un prince !
je suis le fils du Roi du ciel !...

Je suis ton enfant, fais-moi vivre de ta Providence,
dans l'allégresse de ton pardon...

Rassasie-moi de ton amour au matin
et je serai dans la joie et le chant toute ma vie...

Merci pour le temps que tu me donnes de vivre ce jour.
Aide-moi à ne pas le gaspiller en œuvres vaines...

Que je l'emploie au service de ta volonté,
au service de ceux que tu placeras sur mon chemin...

Je suis dans la jubilation,
dans l'attente des merveilles
que tu accompliras aujourd'hui pour moi...

Je me réjouis de ton amour et de ta tendresse,
je crois en toi, j'ai confiance en toi,
Père éternel et bon...

Gloire à toi, mon sauveur, ma paix et ma joie !
Tu as le Nom et le visage de mon espérance...

Tu es mon Seigneur, le Seigneur de ma vie,
le maître de chacune de mes journées,
de mon présent et de mon avenir...

Je t'abandonne tous mes projets.
Exerce ton action à travers moi...

Que ton plan pour ce jour s'accomplisse,
car je veux être un enfant qui te soit agréable :
tu es le Dieu fidèle éternellement !...

Gloire à toi, Esprit Saint, ma vie,
ma victoire, mon Amour !...

Source inépuisable de la tendresse de Dieu pour moi,
abîme sans fonds de la miséricorde...
Esprit du Seigneur, mon conseiller, ma lumière,
ma force, renouvelle ma jeunesse,
maintiens la vigueur et la pureté de mon corps...

Par ta puissance en moi, Dieu vivant qui peux tout,
je suis capable d'accomplir toute chose,
de réussir ce que tu commandes,
de rejeter les suggestions de Satan,
de rompre avec le mensonge et le péché.
Refais mon âme, remplis-moi de sagesse ;
illumine mon esprit pour qu'il te glorifie ;
éduque-moi, guide-moi, sanctifie-moi.

Je veux obéir à ta Parole, ô mon Dieu,
et vivre dans ta louange.
Que chaque souffle de mes narines,
chaque battement de mes paupières,
chaque son de ma bouche,
chaque pensée de mon cœur te dise :
Gloire à toi, mon Seigneur et mon Dieu,
source de ma vie !
Merci, Seigneur, mon Dieu !
Gloire et louange à toi !
Je t'exalterai, je te chanterai,
je bénirai sans cesse ton saint nom, je l'exalterai,
car éternel est ton amour !
Ta fidélité demeure d'âge en âge !

*

Seigneur Jésus,
inonde-moi de ton Esprit et de ta vie.
Prends possession de tout mon être

pour que ma vie ne soit qu'un reflet de la tienne.
Rayonne à travers moi, toi qui habites en moi ;
et tous ceux que je rencontrerai
pourront sentir ta présence auprès de moi.
En me regardant, ils ne verront plus que toi seul.
Demeure en moi et alors je pourrai comme toi rayonner,
au point d'être à mon tour une lumière pour les autres ;
lumière, Seigneur, qui émanera complètement de toi.
Car c'est toi qui à travers moi illumineras les autres.
Ainsi, ma vie deviendra une louange à ta gloire,
la louange que tu préfères,
en te faisant rayonner sur ceux qui m'entourent,
par la plénitude éclatante de l'amour
que te porte mon cœur.
Et par la puissance de ton Esprit Saint,
pour la gloire du Père éternel, Amen !

d'après le Card. Newman

*

Seigneur Jésus,
apprends-moi à être généreux,
à te servir comme tu le mérites,
à donner sans compter,
à combattre sans souci des blessures,
à travailler sans chercher de repos,
à me dépenser sans attendre d'autre récompense
que celle de savoir que je fais ta sainte volonté.
Amen.

Saint Ignace

Mon Dieu, je t'aime,
non pour que tu m'accordes le salut,
ou parce que tu condamnes au feu éternel
ceux qui ne t'aiment pas.

Toi, mon Jésus,
tu m'as embrassé tout entier sur la croix,
tu as pris les clous, la lance,
et grande ignominie,
les douleurs sans nombre,
les sueurs et les angoisses, et la mort ;
et toi, cela, tu l'as souffert pour moi,
pour moi qui suis un pécheur.
Pourquoi donc ne t'aimerais-je pas,
ô Jésus très aimant ?
Non pour que tu me sauves dans le ciel,
ou pour que tu ne me damnes pas éternellement,
ou dans l'espoir d'une quelconque récompense,
mais comme tu m'as aimé,
je t'aime et je t'aimerai,
uniquement parce que tu es mon Roi,
et uniquement parce que tu es Dieu ! Amen.

*

Je te loue, je te bénis, je te glorifie et je te salue,
ô Cœur très doux et très aimant de Jésus Christ,
mon très fidèle ami,
je te rends grâces pour la fidélité avec laquelle
tu m'as gardé et protégé durant cette nuit,
et as rendu pour moi à Dieu ton Père,
les louanges et les actions de grâces
dont je lui étais redevable.
Et maintenant, ô mon unique ami, je t'offre mon cœur,
te conjurant de faire que, durant cette journée,
mes pensées, mes paroles, mes œuvres et mes volontés,
soient réglées sur le bon plaisir
de ta très aimable volonté.
Amen

St Pierre Canisius

5. “*JE TE LOUERAI, SEIGNEUR, DANS LA TÉNÈBRE.*”

Quelle joie de recevoir une lettre venant de bien loin, écrite par une religieuse qui avait retrouvé un peu de goût à la prière grâce à la première édition de ce livre. Elle me demandait de lire le *parcours de prière* qu'elle avait composé après sa retraite et de lui dire ce que j'en pensais ! La seule correction que je lui demanderais de faire, c'est d'écrire sa prière à la première personne du singulier !

Merci, Seigneur ! Même dans la fournaise, lorsque la ténèbre envahit une vie, et même une vie consacrée, il est toujours possible de demander à Dieu la grâce de la prière, de réapprendre à prier et à louer !

Vous avez à votre disposition toute une moisson de textes : le missel, le bréviaire, la Bible, etc., pour composer une prière qui soit vraiment vôtre, pour *chercher votre Seigneur.*

On rencontre souvent aujourd'hui des chrétiens qui souffrent dans leur corps et surtout dans leur âme blessée. Ils ont parfois été soumis pendant des dizaines d'années à des thérapies de tout genres, ils ont même dû passer un certain temps en hôpital psychiatrique. Ils souffrent de *mal-être*, du *mal de vivre* ; ils sont toujours mal dans leur peau ; et s'ils supportent difficilement la vie en société, ils ont encore plus de mal à s'accepter eux-mêmes. Ils souffrent d'être une charge pour leur entourage tout en ayant le sentiment de ne pas être aimés par autrui, ni acceptés tels qu'ils sont.

C'est alors qu'il est vraiment important de faire l'expérience de *la prière qui guérit.* Si la psychologie peut aider certaines personnes à retrouver un équilibre personnel, il n'en reste pas moins qu'elle centre la personne sur elle-même. Et quand on a connu longtemps l'angoisse, la maladie nerveuse, quand on a dû prendre toutes sortes de psychotropes, qu'on a été soumis à diverses formes de thérapies, il est quasi humainement impossible de se centrer sur Dieu.

La personne est coupée de Dieu ! ***Or seuls ceux qui mettent Dieu au centre de leur vie pourront un jour trouver la paix et le bonheur !***

"*La grande maladie du monde actuel,* écrivait N. Astelli, *c'est d'être coupé de Dieu... la grande découverte que nous avons à faire, c'est donc que Dieu aime ses enfants tels qu'ils sont. Mais attention, si Dieu m'aime telle que je suis, il ne veut pas que je reste ainsi. La guérison intérieure consiste à changer ce qui est blessé en nous. Le Seigneur veut nous réconcilier avec ce que nous sommes : notre histoire, notre passé, nos blessures, etc.*[10]."

Pour accueillir la guérison du Seigneur, un parcours de prière pourra être un merveilleux soutien car il peut permettre de ***se centrer sur Dieu.***

Tous, vous avez été touchés par telle ou telle parole de l'Écriture, par telle prière glanée dans un livre de prière, dans le bréviaire, dans la liturgie, etc. Descendez donc en vous-mêmes pour y découvrir cette richesse spirituelle que vous avez goûtée et appréciée, pour exprimer votre foi. À l'aide de ce fonds puisé personnellement, celui qui fait partie de votre héritage, de votre culture religieuse, de cette structure religieuse façonnée durant votre enfance, avec ce sens inné de la poésie et du beau qui fait la richesse de la race humaine, vous composerez aisément un parcours de prière vous permettant de retrouver cette présence de Dieu.

Ainsi la *ténèbre ne sera plus ténèbre* ; vous serez nourris par une parole riche exprimant quelque chose du désir de Dieu qui habite le cœur humain. Merci, Sœur, de m'avoir permis de partager votre parcours de prière !

*

"Tout pour une plus grande louange et gloire
de Dieu notre Seigneur"

Ex. Spir. 139

*

J'ai été créée par toi, Dieu mon Seigneur,
pour te louer, pour t'adorer et pour te servir.

Ex. Spir. 23

Au nom du Père et du Fils et du Saint Esprit. Amen !

Mon secours est dans le nom du Seigneur,
il a fait le ciel et la terre

Ps 124

Me voici, Seigneur, me voici présente
à ta présence continuelle en moi, autour de moi,
tu es mon créateur en qui je suis,
comme toute chose qui existe.
C'est en toi que j'ai la vie,
l'être et le mouvement.

Ac 17,18 – St Ignace

Seigneur, mon Dieu, donne-moi cette grâce
de te connaître intimement
pour t'aimer plus ardemment
pour te suivre avec plus d'empressement.

St Ignace

Venez, crions de joie pour le Seigneur,
acclamons notre rocher notre salut !
Je vais à toi, Seigneur, en rendant grâce,
par mes hymnes de fête je t'acclame !
Oui, le grand Dieu, c'est le Seigneur,
le grand Roi par-dessus tous les dieux :
il tient en mains les profondeurs de la terre
et les sommets des montagnes sont à lui ;
à lui la mer, c'est lui qui l'a faite,
et les terres, car ses mains les ont pétries.
J'entre, je m'incline, je me prosterne,
je t'adore, Seigneur, toi qui m'as créée.
Oui, tu es mon Dieu.

Ps 95

Je suis la centième brebis de ton troupeau,
et tu es parti à ma recherche dans le désert,
car je me suis perdue dans le désert.
Tu m'as retrouvée,
tu m'as mise sur tes épaules, tout joyeux.
Et revenu à la maison,
tu as dit : "Réjouissez-vous avec moi,
car j'ai retrouvé ma brebis, celle qui s'était perdue !

Lc 15,4-7

Béni sois-tu, Père, de nous avoir donné Jésus,
ton Fils, ton Unique, pour nous sauver.

Je t'aime, Seigneur,
entends le cri de ma prière.
Toute ma vie je t'invoquerai.
J'étais pris dans les filets de la mort,
retenue dans les liens de l'abîme,
j'éprouvais la tristesse et l'angoisse.
Tu as sauvé mon âme de la mort,
je marcherai en ta présence sur la terre des vivants.

Ps 116

Comment te rendrai-je, Seigneur,
tout le bien que tu m'as fait ?
J'élèverai la coupe du salut,
je t'offrirai le sacrifice d'action de grâce !

Ps 116

Oui, Père, tu m'as choisie pour servir en ta présence :
que l'Esprit fasse de moi
une éternelle offrande à ta gloire !

Afin que ma vie ne soit plus à moi-même
mais à Jésus, ton Fils, mon Sauveur !

Prière Eucharistique

Bénis le Seigneur, ô mon âme !
Bénis son Nom très saint, tout mon être !
Bénis le Seigneur,
ô mon âme n'oublie aucun de ses bienfaits !

Ps 103

Père, je te bénis, aux sages et aux savants
tu caches ton mystère, mais au cœur de l'enfant
tu dis que tu es Père :
Père, je te bénis pour ton immense amour !
L'enfant qui était mort a retrouvé la vie !
L'enfant longtemps perdu a retrouvé ton cœur !

G 205 – Mt 11, 25-30

Père très bon, fais-moi cette grâce
que toutes mes intentions, mes actions
et mes activités,
tout ce qui concerne ma vie corporelle, intellectuelle,
ma vie affective et spirituelle,
que tout cela soit purement ordonné
au service et à la louange de ta Gloire !

Ex. Spir. 46

Acclame le Seigneur, terre entière,
sers-le dans l'allégresse,
viens à lui avec des chants de joie !
Et moi, je reconnais que le Seigneur est Dieu,
il est mon créateur et mon Père.
Et tous, nous sommes son peuple, son troupeau !

Allons dans sa maison en rendant grâce,
dans sa demeure chanter ses louanges,
rendons-lui grâce et bénissons son Nom !
Oui, Seigneur, tu es bon !
Éternel est ton amour !
Ta fidélité demeure d'âge en âge !

Cf. Ps 100

Vraiment, il est juste et bon de te rendre gloire,
de t'offrir notre action de grâce,
toujours et en tout lieu,
à toi, Père très Saint,
Dieu éternel et tout-puissant !
Nos chants n'ajoutent rien à ce que tu es,
mais ils nous rapprochent de toi.
C'est pourquoi avec les anges et tous les saints,
nous chantons et proclamons (Préf. com. IV).

Gloire à toi, Dieu, au plus haut des cieux
et paix sur terre aux hommes que tu aimes.
Je te loue et je te bénis,
je t'adore, je te glorifie,
je te rends grâce pour ton immense gloire,
Seigneur Dieu, roi du ciel,
Dieu le Père tout-puissant.
Seigneur, Fils unique, Jésus Christ,
Seigneur Dieu, Agneau de Dieu, le Fils du Père ;
Toi qui enlèves le péché du monde,
reçois notre prière ;
toi qui es assis à la droite du Père,
prends pitié de nous.
Car toi seul es Saint, toi seul es Seigneur,
toi seul es le Très-Haut : Jésus Christ,

avec le Saint-Esprit
dans la gloire de Dieu le Père.

Béni sois-tu, Jésus, d'être venu me sauver :
tu es le Verbe fait chair, tu as habité parmi nous.

Christ Jésus, toi qui avais condition de Dieu,
tu n'as pas retenu jalousement
le rang qui t'égalait à Dieu,
mais tu t'es anéanti
prenant la condition de Serviteur.
Devenu semblable aux hommes,
reconnu homme à ton aspect,
tu t'es abaissé
devenant obéissant jusqu'à la mort,
et la mort sur la croix.
C'est pourquoi Dieu t'a exalté,
il t'a doté du Nom qui est au-dessus de tout nom,
afin qu'au nom de Jésus tout genou fléchisse
au ciel, sur terre et aux enfers
et que toute langue proclame :
Jésus Christ, tu es Seigneur
à la gloire de Dieu le Père !

Cf. Ph 2, 3-11

Je bénirai le Seigneur toujours et partout !
Je chanterai tes louanges
C'est toi, Seigneur, qui me guides...
Avec toi rien ne me manque...
Tu me reçois à ta table...
Tu me nourris de ta grâce...
Tu me prendras dans ta gloire...

Merci, Jésus, pour ta Parole : béni sois-tu !
“Mettez-vous à mon école
car je suis doux et humble de cœur,
et vous trouverez le repos
Merci, Jésus, béni sois-tu !

Mt 11,29

“Cœur Sacré de Jésus, nous t’en supplions,
fais-nous aimer Dieu comme tu veux que nous l’aimions,
enveloppe nos cœurs de tes flammes,
nous te les donnons et te les consacrons à jamais,
fais-y brûler ce feu
que tu es venu allumer sur la terre, embrase-les,
fais qu’ils brûlent eux-mêmes et enflamment les autres
et ne cessent chaque jour d’être plus brûlants,
et plus rayonnants
jusqu’à notre dernier soupir pour ta plus grande gloire
en toi, par toi et pour toi,
Ô Cœur si tendre, si doux, si aimant et si aimable
de notre bien-aimé Jésus !”

Ch. de Foucauld, 1902

*

Cœur de Jésus brûlé de tant d’amour, loué sois-tu !
Cœur de Jésus meurtri par le péché, pitié pour nous !
Cœur de Jésus repos des cœurs blessés, loué sois-tu !
Cœur de Jésus grâce des pécheurs, pitié pour nous !
Cœur de Jésus qui dis le Cœur de Dieu, loué sois-tu !
Cœur de Jésus plus grand que notre Cœur, loué sois-tu ?
Cœur de Jésus qui mènes vers la joie, loué sois-tu !
Cœur de Jésus Cœur de Dieu en croix, pitié pour nous !

Cœur de Jésus qui calmes toute soif, loué sois-tu !
Cœur de Jésus qui gardes dans la paix, pitié pour nous !

*

* “Pour toi, quand tu veux prier,
entre dans ta chambre la plus retirée,
verrouille ta porte
et adresse ta prière à ton Père :
il est là dans le secret.
Ton Père voit dans le secret !
* Mon Père sait ce dont j’ai besoin
avant même que je le lui demande !
* “Vous donc priez ainsi : Notre Père céleste,
fais-toi reconnaître comme Dieu,
fais venir ton Règne,
fais se réaliser ta volonté
sur la terre à l’image du ciel
Donne-nous aujourd’hui le pain dont nous avons besoin,
Pardonne-nous nos torts envers toi,
comme nous-mêmes avons pardonné
à ceux qui avaient des torts envers nous,
et ne nous expose pas à la tentation,
mais délivre-nous du tentateur.

Cf. Mt 6, 6-9

* Demande, il te donnera...
Quiconque demande reçoit...
* Si donc, toi qui es mauvaise
tu sais donner de bonnes choses à mes enfants,
combien plus, moi ton Père céleste
te donnerai-je l’Esprit Saint
à toi qui me le demandes !

Cf. Lc 9,11-13

Merci, Jésus, béni sois-tu !

Béni sois-tu, Esprit d'amour, de force et de guérison !
Viens agir en moi, au plus profond de mon être,
Viens me régénérer, me recréer :
Viens Esprit Saint !

"Ô Roi céleste consolateur, Esprit de vérité,
Toi qui es partout présent et qui remplis tout,
Trésor de biens et donateur de vie,
Purifie-nous de toutes nos souillures,
Et sauve nos âmes, toi qui es Bonté !"

Rendons gloire au Père tout-puissant
à son Fils Jésus Christ le Seigneur,
à l'Esprit qui habite en nos cœurs,
pour les siècles des siècles. Amen !

Ô Trinité bienheureuse, ô Trinité bienheureuse,
ô Trinité bienheureuse !
Père, Fils, Esprit Saint,
J'ose croire que tu acceptes de me prendre en ton sein.
ô Trinité bienheureuse,
tu m'enveloppes de tendresse
et de toute l'affection dont j'ai besoin pour vivre.
ton amour coule en moi,
ô Trinité bienheureuse !
Je me laisse faire, je m'abandonne, c'est toi qui agis,
ô Trinité bienheureuse !
Il monte en moi un tel besoin de consolation
que je pleure en toi avec toute l'humanité souffrante,
et tu me régénères, tu me redonnes vie,
je m'abandonne,

ô Trinité bienheureuse !
Gloire à toi, Père, Fils, Esprit Saint,
ô Trinité bienheureuse,
ô Trinité bienheureuse,
ô Trinité bienheureuse !

Ô maman Marie, ma très douce mère, Merci !
Ô maman Marie, demande pour moi un esprit de louange :
que je proclame :
“Mon âme exalte le seigneur,
exulte mon esprit en Dieu mon Sauveur !”

Réjouis-toi, Marie, toute aimée de Dieu,
réjouis-toi, Mère de Dieu !
Marie, ton enfant est le Fils bien-aimé,
Mère, Dieu t’a choisie, porte-lui nos prières !

Chant n° V 114

Marie, tendresse des pauvres,
Marie, sagesse des faibles,
Marie, notre mère, prie pour nous !

Chant n° V 231

*

Avec ta grâce, ô Père,
plein d’amour, de douceur, de tendresse
et de patience,
je veux regarder aujourd’hui le monde
avec des yeux tout remplis d’amour !
Que seules les pensées qui bénissent
demeurent dans mon esprit.

6. *COURTES PRIÈRES POUR CHRÉTIENS DANS LE SIÈCLE*

Ainsi priait Lancelot Andrewes

Il y a quelques années, la sœur d'un prêtre m'avait légué comme un précieux héritage de son frère défunt, un recueil de prières intitulé *Courtes prières pour chrétiens dans le siècle* publié par les moines de La-Pierre-Qui-Vire. C'est ainsi que j'ai découvert comment priait *Lancelot Andrewes* (1555-1626), un évêque anglican du XVIIe siècle.

On ne se souviendrait sans doute plus de lui s'il n'avait écrit un recueil de *preces privates*[11], des prières écrites d'abord en hébreu, en grec et en latin et traduites en anglais au XIXe siècle. Cet ecclésiastique avait une grande culture biblique, et sa mémoire lui permettait de faire appel à l'Écriture et aux écrits des Pères de l'Église pour exprimer sa prière.

Les prières qu'il compose sont de vrais chefs-d'œuvre. On trouve rarement des textes d'une telle densité pour exprimer la prière. Cet homme dirigea la commission qui édita en 1611 la version autorisée de la Bible en langue anglaise et il devait avoir été brûlé au feu de l'amour divin alors qu'il se penchait sur le texte sacré.

Vous ne trouverez pas ici les plus belles pages des prières d'Andrewes. Je vous propose de les prier à la manière d'un *parcours de prières*. La traduction française, qui date déjà de plus d'un demi-siècle, a été parfois modifiée pour aider le lecteur moderne à aborder le texte sans trop de peine. Priez sans vous presser, dans votre cœur, ce qui est dit de Dieu et à Dieu. Les mystères sont ici évoqués avec sobriété mais aussi avec une profondeur extraordinaire, Mystères de la Providence, de la Miséricorde et de l'Amour incarné !

EN PRÉSENCE DU TRÈS-HAUT

Ô toi qui écoutes la prière,
c'est vers toi que viendra toute chair.
Le soir, le matin, à midi, je prierai avec instance,
et tu écouteras ma voix.
Ma voix, Seigneur, tu l'entendras parfois dès l'aurore,
vers toi montera ma prière
et je regarderai vers les cieux.
Que ma prière s'élève devant toi comme l'encens.
Je me suis souvenu de toi sur ma couche,
et j'ai pensé à toi tandis que je marchais,
tu es venu à mon secours.
Je te rends grâce, Seigneur, Tout-Puissant,
Dieu éternel,
car tu as bien voulu me protéger durant cette nuit,
non parce que je l'avais mérité,

mais à cause de ta sainte compassion.
Accorde-moi de passer ce jour à ton saint service ;
reçois l'hommage de mon obéissance.
J'élève et mon cœur et mes mains vers toi, Seigneur,
vers toi qui habites dans les cieux.
Comme les yeux des serviteurs
vers la main de leur maître,
comme les yeux d'une servante
vers la main de sa maîtresse,
ainsi mon âme attend le Seigneur Dieu,
tant qu'il me prenne en pitié.
Abaisse tes regards vers moi et sois-moi favorable,
comme tu l'es d'habitude pour ceux qui aiment ton Nom.
Commande à tes anges de veiller sur moi
pour me guider en toutes mes voies,
montre-moi tes chemins, Seigneur,
enseigne-moi tes sentiers.
Guide mes pas selon ta Parole,
et ainsi aucun mal n'aura de prise sur moi.
Garde mes pas sur tes sentiers,
afin que mon pied ne glisse pas.
Mets sur mes lèvres des paroles droites ;
que ma conversation et mes regards,
mes gestes et toutes mes actions,
plaisent à tous ceux qui me verront et m'entendront,
afin que je trouve grâce en tout ce que je dis
et tout ce que je demande.
Ô toi qui aimes les hommes,
toi qui es plein de pitié, Père des miséricordes,
riche en miséricorde pour tous ceux qui t'invoquent,
j'ai péché contre le ciel et contre toi,
je ne mérite pas d'être appelé ton fils,
ni même d'être un de tes serviteurs,
pas même le plus petit.

Mais je me repens,
malheureux que je suis, je me repens,
viens en aide à mon manque de pénitence ;
et, s'il est quelque réconfort d'amour,
je t'en prie, par les entrailles de ta miséricorde,
par l'abondance de la richesse de ta grâce,
à cause du grand amour dont tu nous as aimés :
prends pitié de moi, pécheur,
prends pitié de moi, le plus grand des pécheurs,
le plus misérable.
L'abîme appelle l'abîme,
l'abîme de notre misère
appelle l'abîme de ta compassion ;
qu'abonde la grâce là où a abondé le péché ;
vaine est notre malice à cause de ta bonté ;
que ta miséricorde se réjouisse
à l'encontre de ta justice.

Plus que tout et au-dessus de tout
je crois que tu es le Christ, le Fils du Dieu vivant.
Toi qui es venu dans le monde sauver les pécheurs,
dont je suis le plus grand,
sauve-moi.
Toi qui es venu racheter ceux qui étaient perdus,
ne permets pas qu'aucun de ceux que tu as rachetés
aille à sa perte.
Préserve-moi du souvenir du mal,
de celui que j'ai vu et entendu,
des méchants de ce monde.
Je ne dois pas me les rappeler
ni même en parler aux autres.
Que je haïsse tout mauvais chemin.
J'ai mérité la mort ;
néanmoins j'en appelle au tribunal de ta Justice,

au trône de ta Grâce.

AVANT LA CONFESSION DES PÉCHÉS

Seigneur, reconnais deux choses en moi :
la nature que tu as faite,
le péché que j'ai ajouté :
je confesse que le péché a perverti la nature,
mais je me souviens que je suis un souffle qui passe
et qui ne revient pas,
car de moi-même je ne puis revenir du péché.
Libère-moi de ce que j'ai fait ;
mais que ce que tu as fait demeure en moi ;
que le prix de ton précieux Sang ne soit pas perdu,
et que ma Malice ne détruise pas
ce que ta Bonté a racheté.
Seigneur, mon Dieu, même si j'ai agi
de manière à devenir ton accusé,
pourrais-je l'avoir fait de manière à ne plus être
ton serviteur ?
Si j'ai détruit mon innocence,
aurais-je totalement détruit ta miséricorde ?
Si j'ai commis ce pour quoi tu peux me condamner,
as-tu complètement perdu
ce par quoi tu as coutume de sauver ?
En vérité, Seigneur, ma conscience mérite condamnation,
mais aucun défense n'égale ta compassion.
Épargne-moi donc,
ce n'est point incompatible avec ta Justice,
ni inhabituel pour ta Miséricorde,
ni difficile pour ta Puissance
que d'épargner celui qui se repent.
Toi qui m'as créé, ne me détruis pas ;
toi qui m'as racheté, ne me condamne pas.
Toi qui m'as créé par ta Bonté,

ne permets pas que ton œuvre soit anéantie
à cause de mon péché.
Ce qui en moi est tien, reconnais-le,
ce qui est mien, enlève-le.
Regarde-moi, je suis misérable,
ô Bonté aimante et sans limites,
regarde-moi, moi qui suis méchant,
ô Compassion qui baignes toutes choses.
Moi qui suis faible, je vais vers le Tout-Puissant,
moi qui suis blessé, je cours auprès du médecin :
réserve-moi la douceur de ta Compassion,
toi qui si longtemps, as retenu l'épée de ta vengeance.
Efface le nombre de mes crimes,
renouvelle l'abondance de tes compassions ;
si impur que je sois, tu peux me purifier ;
si aveugle que je sois, tu peux m'éclairer ;
oui, même si je suis mort, tu peux me ressusciter.
Quelle que soit ma nature, bonne ou mauvaise,
je t'appartiens à jamais.
Si jamais tu me chasses, qui m'hébergera ?
Si tu te détournes de moi, qui me regardera ?
Tu peux me remettre plus que je ne peux commettre,
tu peux plus pardonner que je ne puis pécher.
Ne permets pas que des plaisirs dégradants
triomphent en moi,
ou que quelque mauvaise habitude ait raison de moi.
Préserve-moi des désirs défendus et pervers,
des imaginations vaines, nuisibles, impures,
de l'illusion des esprits malins,
des souillures de l'âme.

CONFESSION DES PÉCHÉS

Seigneur Miséricordieux et bon,
lent à la colère et plein d'amour,
j'ai péché.
Misérable que je suis, j'ai péché, Seigneur, contre toi,
beaucoup, gravement,
en prêtant attention aux vanités et aux mensonges.
Je ne cache rien,
je ne m'excuse pas.
Je te rends gloire, Seigneur, en ce jour.
Je m'accuse ouvertement de mes péchés.
En vérité, j'ai péché contre le Seigneur,
voilà ce que j'ai fait, et je l'ai fait.
J'ai péché et perverti ce qui était droit,
et cela n'a pas tourné à mon avantage.
Et maintenant, que dirai-je ?
Avec quelles paroles vais-je ouvrir la bouche ?
Que répondrai-je à la vue de ce que j'ai fait ?
Sans plaidoyer, sans défense,
je suis, par moi même, condamné.
Je me suis détruit moi-même.
À toi, Seigneur, la Justice,
à moi la confusion au visage ;
car toi, tu es juste en tout ce qui m'est arrivé :
tu as agi équitablement,
et moi, j'ai commis l'iniquité.
Et maintenant, Seigneur, où est mon espérance ?
Vraiment, mon espérance est en toi,
s'il y a encore pour moi une espérance de salut,
si ta Bonté aimante couvre la multitude de mes fautes.
Oh ! souviens-toi de ce que je suis pour toi,
l'œuvre de tes mains,
la ressemblance de ton visage,

le prix de ton sang,
un nom qui vient de ton nom,
une brebis de ton pâturage,
un fils de ton alliance,
ne méprise pas l'œuvre de tes mains.
Est-ce pour rien que tu m'as créé à ton image,
selon ta ressemblance ?
Ce sera pour rien, si tu la détruis.
Et quel profit auras-tu à verser mon sang ?
les ennemis s'en réjouiraient.
Puissent-ils, Seigneur, ne jamais se réjouir.
Ne leur accorde pas ma destruction.
Regarde la face de ton Christ,
et le sang de ton alliance,
la rédemption des péchés du monde entier.
Seigneur, prends pitié de moi, pécheur,
prends pitié de moi,
même le premier des pécheurs,
le plus en vue, le plus grand ;
pour l'honneur de ton Nom, fais miséricorde à mon péché,
car il est grand, excessivement.
Pour l'honneur de ton Nom, ce Nom
en dehors duquel aucun autre nom sous le ciel
n'a été donné aux hommes
par lequel nous puissions être sauvés,
tandis que l'Esprit lui-même
vient au secours de notre faiblesse
et intercède pour nous
avec des gémissements ineffables.
Par les tendres désirs du Père,
par les plaies sanglantes du Fils,
par les plaintes indicibles de l'Esprit,
prête l'oreille, Seigneur, prends pitié, Seigneur,
Ô Seigneur, écoute et agis,

ne diffère pas ton amour,
ô mon Dieu.
Pour moi, je n'oublie pas mes péchés,
ils sont toujours devant moi :
je m'en souviens dans l'amertume de mon âme ;
à cause d'eux je suis dans l'angoisse,
je me détourne et je gémis,
je nourris de l'indignation, du ressentiment,
de la colère contre moi.
Je me méprise et me châtie ;
mais puisque mon repentir, ô Seigneur, ô Seigneur,
n'est ni plus profond, ni plus entier,
viens en aide à mon manque de repentir.
Plus encore, plus encore,
perce, brise, broie mon cœur,
et remets, absous, pardonne
ce qui m'est douleur,
ce qui est scandale pour mon cœur.
Purifie-moi de mes fautes cachées,
et préserve aussi ton serviteur
de toute présomption.
Fais éclater tes miséricordes
envers ce misérable pécheur,
et à ce propos, dis-moi :
« Sois en paix,
tes péchés sont pardonnés ;
ma grâce te suffit. »
Dis à mon âme : je suis ton salut.
Pourquoi te désoler, ô mon âme
et pourquoi es-tu si triste en toi-même ?
Retourne à ton repos, ô mon âme,
car le Seigneur t'a récompensée.
Seigneur, ne me reprends pas dans ta colère,
et ne me châtie pas en ton déplaisir.

Je dis : je confesserai mes péchés au Seigneur,
et alors tu pardonneras la malice de mon péché.
Seigneur, tu connais tout mon désir
et mon gémissement n'est point caché devant toi.
Aie pitié de moi, ô Dieu,
dans ta grande bonté,
selon la multitude de tes miséricordes,
supprime mes offenses.
Oui, tu te lèveras et tu me prendras en pitié,
car il est temps que tu me prennes en pitié,
Seigneur,
oui, le temps en est venu.
Si tu retiens mes fautes, Seigneur, Seigneur,
Seigneur, qui subsistera ?
N'entre pas en jugement avec ton serviteur,
Seigneur,
car devant toi, aucun homme ne sera justifié.

PRIÈRE POUR LA GRÂCE

Mes mains, je les élèverai
vers tes commandements que j'ai aimés.
Ouvre mes yeux afin que je puisse voir,
touche mon cœur afin que je puisse désirer,
dirige mes pas afin que je puisse suivre
la voie de tes préceptes.
Ô Seigneur Dieu, sois vraiment mon Dieu
et à côté de toi n'en souffre aucun autre,
aucun autre, rien d'autre que toi.
Accorde-moi de t'adorer et de te servir
dans la sincérité de l'esprit,
dans l'hommage du corps,
dans la bénédiction des lèvres,

en privé et en public,
d'avoir du respect pour ceux qui ont autorité sur moi,
par l'obéissance et la soumission,
de faire preuve d'affection pour les miens,
par ma sollicitude et ma pourvoyance ;
de vaincre le mal par le bien ;
de maîtriser mon corps dans la sanctification
et l'honneur ;
d'écarter de ma vie toute cupidité,
d'être content de ce que j'ai ;
de dire la vérité dans la charité ;
de désirer me priver de désirs,
de convoitises lubriques,
et de ne pas courir après la luxure.

PROFESSION DE FOI

Je crois en toi, Seigneur,
Père, Verbe, Esprit, Dieu Un ;
je crois
que par ton amour paternel et que par ta puissance
toutes choses furent créées ;
que par ta Bonté et ton Amour pour les hommes
toutes choses furent renouvelées en ton Verbe,
– lequel pour nous, hommes, et pour notre salut,
se fit chair,
fut conçu et naquit,
souffrit, fut crucifié,
mourut, fut enseveli,
descendit aux enfers et ressuscita,
monta au ciel et s'assit,
reviendra et rétribuera ;
que par l'illumination et l'opération de ton Esprit,

un peuple fut choisi, du monde entier,
pour devenir une nation de croyants et de saints ;
qu'en elle nous participons à la communion des saints
et au pardon des péchés en ce monde ;
qu'en elle nous attendons la résurrection de la chair
et la vie éternelle dans le monde à venir.
Cette foi très sacrée,
qui fut jadis transmise aux saints,
je la crois, Seigneur,
mais viens en aide à mon peu de foi,
et daigne m'accorder
d'aimer le Père pour son amour paternel,
de révérer le Tout-Puissant pour sa puissance
et parce qu'il est un créateur fidèle,
de lui remettre mon âme en agissant selon sa loi ;
daigne m'accorder d'avoir part
en Jésus, au salut,
en Christ, à l'onction,
en l'Unique Engendré, à l'adoption ;
d'adorer le Seigneur
pour sa conception dans la foi,
pour sa naissance dans l'humilité,
pour ses souffrances dans la patience
et la haine du péché ;
daigne m'accorder
à cause de sa Croix, de crucifier les traces du mal,
à cause de sa mort, de mortifier ma chair,
à cause de son ensevelissement,
d'ensevelir dans les bonnes actions
les pensées perverses,
à cause de sa descente aux enfers, de méditer l'enfer,
à cause de sa résurrection, de méditer
sur la nouveauté de vie,
à cause de son ascension,

d'être attentif aux choses d'en haut,
parce qu'il siège dans les hauteurs,
de prêter attention
aux bonnes choses qui sont à sa droite,
à cause de son retour,
de craindre son second avènement,
à cause de son jugement, de me juger moi-même
avant que je ne sois jugé.
De l'Esprit
accorde-moi le souffle de grâce salutaire.
Dans la sainte Église catholique,
d'avoir vocation,
sainteté,
héritage,
communion
à ses prières et ses rites sacrés,
ses jeûnes et ses gémissements,
ses veilles, ses larmes et ses souffrances,
pour l'assurance de la rémission de mes fautes,
l'espérance de la résurrection
et l'entrée dans la vie éternelle.

INTERCESSION

Ô espoir de tous les confins de la terre
et de tous ceux qui vivent sur le vaste océan,
Ô toi en qui ont espéré nos pères,
et tu les as délivrés ;
en qui ils ont placé leur confiance,
et ils n'ont pas été confondus.
Ô mon espoir dès le temps de ma jeunesse,
ô toi sur les genoux de qui j'ai été jeté
dès le ventre de ma mère,

sois mon espoir
maintenant et toujours,
et mon partage dans la terre des vivants.
Toi qui, par ta nature,
tes noms et tes symboles,
ta parole et tes actes,
es mon espoir,
fais qu'en mon espoir je ne sois pas déçu.
Ô espoir de tous les confins de la terre,
souviens-toi de toute ta création
pour lui faire du bien,
visite l'univers en ta compassion ;
ô gardien des hommes,
ô Seigneur aimant,
souviens-toi de toute notre race.
Toi qui les as emmurés dans l'incrédulité,
aie pitié d'eux tous, Seigneur ;
toi qui es mort et ressuscité
pour être le Maître des vivants et des morts,
soit que nous mourions, soit que nous vivions,
tu es notre Seigneur.
Seigneur, aie pitié des vivants et des morts.
Ô secours des désespérés,
aide propice dans l'affliction,
souviens-toi de tous ceux qui sont dans la nécessité
et qui ont besoin de ton secours.
Ô Dieu de grâce et de vérité,
affermis ceux qui demeurent dans la vérité et la grâce,
guéris tous ceux qui sont malades
d'hérésie et de péché.
Ô refuge salutaire de tes baptisés,
souviens-toi de ton peuple
pour lequel tu as payé la rançon,
et que tu as racheté jadis.

Oh ! accorde à tous les croyants
de n'être qu'un cœur et qu'une âme.
Toi qui marches parmi les chandeliers d'or,
ne déplace point notre chandelier.
Procure ce qui manque, consolide ce qui demeure,
ce que tu es prêt à rejeter, garde-le,
ce qui va mourir, conserve-le.
Ô Maître de la moisson,
envoie des ouvriers dans ta moisson.
Ô partage de ceux qui servent dans ton temple,
accorde à nos ministres
de dispenser avec droiture la parole de vérité
et d'y marcher eux-mêmes avec sincérité.
Accorde au peuple chrétien
de leur obéir et de se soumettre à eux.
Ô Roi des nations jusqu'aux extrémités de la terre,
affermis tous les États du monde habité :
ils font partie du plan de ta Providence
quoi qu'ils soient une création de l'homme.
Dissipe les nations qui aiment faire la guerre,
bannis la guerre de toute la surface de la terre.
Ô attente et espérance des îles,
Seigneur, sauve notre pays
et tout le pays de notre habitat,
des calamités, de l'affliction, de la disette.
Seigneur des seigneurs, Gouverneur des gouverneurs,
souviens-toi de tous les chefs...
sois avec eux de plus en plus,

Accorde à notre peuple
de se soumettre à ceux qui détiennent l'autorité,
non seulement par crainte de la colère,
mais aussi au regard de la conscience.

Accorde aux fermiers, aux gens de la terre
de bonnes saisons ;
à la flotte et aux pêcheurs le beau temps ;
aux commerçants de ne pas se manger les uns les autres
par la concurrence ;
aux ouvriers de poursuivre leur besogne selon la loi,
jusqu'au plus humble, jusqu'au plus pauvre.
Ô Dieu, non seulement le nôtre
mais celui de notre postérité,
bénis nos enfants au milieu de nous,
qu'ils croissent en sagesse comme en taille
et en grâce, devant toi et devant les hommes.
Toi qui désires que nous travaillions à la subsistance
des nôtres,
et qui hais tout ce qui est contre nature,
souviens-toi, Seigneur, de mes proches selon la chair,
accorde-moi de leur prêcher la paix
et de chercher leur bien.
Toi qui veux que nous payions de retour
nos bienfaiteurs,
souviens-toi favorablement
de tous ceux qui m'ont fait du bien ;
garde-les vivants afin qu'ils puissent être
sur cette terre comblés de bénédictions,
et ne les livre pas
à la volonté de leurs ennemis.
Toi qui as qualifié de "pire que l'infidèle"
l'homme qui néglige les siens,
souviens-toi, selon ton bon plaisir,
de tous ceux de ma maisonnée.
La paix soit sur ma maison,
et le Fils de la Paix sur tous ceux qui l'habitant.

Toi qui voudrais que notre justice
dépasse la justice des pécheurs,
accorde-moi, Seigneur,
d'aimer ceux qui m'aiment ;
mon ami personnel et l'ami de mon père,
et les enfants de mon ami,
de ne jamais les abandonner.

Toi qui voudrais que nous vainquions le mal par le bien
et que nous priions pour ceux qui nous persécutent,
aie pitié de nos ennemis, Seigneur,
comme de moi-même,
et conduis-les ensemble avec moi
en ton céleste royaume.

Toi qui agrées les prières de tes serviteurs
les uns pour les autres,
rappelle, Seigneur, à ton souvenir bienveillant
et aie pitié de tous ceux
qui se souviennent de moi dans leurs prières
et à qui j'ai promis un souvenir dans les miennes.

Toi qui regardes la bonne volonté
en toute bonne œuvre,
souviens-toi, Seigneur,
comme s'ils te priaient,
de tous ceux qui pour une juste raison,
si minime soit-elle,
à la prière ne donnent point de temps.

Lève-toi et prends en pitié
de ceux qui pâtissent dans un état de nécessité extrême,
car il est temps que tu les prennes en pitié ;
Oui, il en est bien temps.

Aie pitié d'eux, Seigneur,
et de moi aussi, à ma dernière heure.
Rappelle-toi, Seigneur,
les bébés, les enfants, les adultes, les jeunes gens,
les hommes d'âge mûr et les vieillards,
les affamés, les assoiffés, ceux qui sont nus,
les malades, les prisonniers, les étrangers,
les "sans amis", les "sans sépulture",
les grands vieillards et les infirmes,
les possédés du démon, les suicidaires,
ceux que torture l'esprit immonde,
les désespérés, les chancelants d'âme ou de corps,
les cœurs faibles,
ceux qui souffrent en prison et dans les fers
ou qu'écrase la sentence de mort ;
les orphelins, les veuves, les étrangers,
les voyageurs,
les femmes enceintes et celles qui allaitent,
ceux qui croupissent dans l'esclavage,
les mines ou les galères,
ou dans la solitude.
Seigneur, tu peux sauver en même temps
l'homme et la bête,
si grande est ta pitié, Seigneur !
Et les enfants des hommes mettront leur confiance
en l'ombre de tes ailes.
Que le Seigneur nous bénisse et nous garde,
et nous montre la lumière de son visage,
et nous fasse miséricorde.
Que le Seigneur lève sur nous son visage,
et nous fasse miséricorde.
Que le Seigneur lève sur nous son visage
et nous donne la paix !
Je te confie, Seigneur,

mon âme et mon corps,
mon esprit et mes pensées,
ma prière et mes désirs,
mes membres et mes sens,
ma parole et mes œuvres,
ma vie et ma mort,
mes frères et mes sœurs,
et leurs enfants,
mes amis et mes bienfaiteurs,
ceux qui me veulent du bien,
ceux qui ont un droit sur moi,
mes parents et mes voisins,
mon pays et toute la chrétienté.
Je te confie, Seigneur,
mes démarches et mes entreprises,
mes intentions et mes tentations,
mes sorties et mes entrées,
quand je me couche et quand je me lève.

LOUANGE

Élevons notre cœur !
Nous le tournons vers le Seigneur !
Oh ! combien vraiment il est juste et bon,
il convient et il faut le faire,
en tout et pour tout,
en tout temps, en tout lieu, de toutes manières,
en chaque saison, en chaque endroit,
partout, toujours, tous ensemble ;
de nous souvenir de toi, de t'adorer,
de te confesser, de te louer,
de te bénir, de te chanter, de te rendre grâces,
ô créateur, nourricier, gardien, gouverneur,

préservateur, artisan, “perfecteur” universel.
Seigneur et Père, Roi et Dieu,
fontaine de vie et d’immortalité,
trésor des biens éternels,
que les cieux chantent,
et les cieux des cieux,
les anges et toutes les puissances célestes
se clamant de l’un à l’autre, sans trêve,
– et nous aussi, en même temps,
nous tout-petits et indignes sous leurs pieds – :
Saint, Saint, Saint
est le Seigneur des armées.
Le ciel et la terre sont remplis
de la majesté de ta gloire.
Bénie soit la gloire du Seigneur en son lieu,
pour sa divinité et l’obscurité de son mystère,
sa grandeur, sa souveraineté, sa toute-puissance,
son éternité, sa providence.
Le Seigneur est ma force et mon rocher,
et mon défenseur,
mon libérateur, mon secours, mon bouclier,
la corne aussi de mon salut et mon refuge.

7. *VIVE LA CROIX DE JÉSUS LE SAUVEUR !*

La première étape du *parcours de prière* de Yonggi Cho se situe, nous l'avons vu, près de l'autel de bronze, dans la Tente de la rencontre, où étaient immolées les victimes des sacrifices. Cet autel est le symbole de la croix du Christ, Jésus, le Sauveur, source de tout pardon et de toute réconciliation.

Vous ne pourrez avoir un cœur de louange si vous ne prenez pas conscience de l'amour fou de Dieu pour vous ! On ne peut aller au Père si on n'accueille pas d'abord Jésus Sauveur. Seuls ceux qui prennent conscience que le Christ a sauvé leur vie par son Incarnation, par sa mort sur la croix et sa résurrection, seront capables, un jour, de bénir et louer en toutes circonstances.

J'aime encore rappeler l'expérience de Merlin Carothers à ce propos. Il en parle dans son premier livre (*De la prison à la louange*[12]). Dieu lui a fait découvrir la passion d'amour de Jésus et l'a invité à rendre grâce, quand, à son tour, il connaîtrait la difficulté. C'est alors qu'il commença à louer Dieu en toutes circonstances. En effet, jamais il n'aura à supporter d'aussi grandes souffrances que celles endurées par le Christ.

Voilà bien clairement exprimé le fondement de toute louange et bénédiction dans les moments difficiles. Jésus a pris sur lui le poids de la souffrance du monde ; il nous invite à considérer nos épreuves comme une participation à sa passion d'amour. Disons du fond du cœur : "*Nous t'adorons, Seigneur et nous te bénissons parce que tu as racheté le monde par ta sainte Croix*". Les prières reprises ici aideront à tourner les yeux vers celui que nous avons transpercé !

Tous les jours je te bénirai
et je chanterai ton Nom dans les siècles.
Rends-nous dignes, Seigneur,
d'être en ce jour préservés du péché.
Tu es bénis, Seigneur, le Dieu de nos pères,
ton Nom est digne de louange
et glorieux, dans les siècles. Amen.

Hymne, IIIe s.[13]

*

Ô Jésus, qu'il est doux de penser à toi :
le cœur en ressent une joie profonde ;
mais plus que le miel et toute créature,
douce est ta présence.
Rien de plus agréable à chanter,
rien de plus joyeux à entendre,
rien de plus doux à contempler
que Jésus le Fils de Dieu.

Jésus, espoir des pécheurs repentants,
tu es fidèle à ceux qui t'invoquent,
tu es bienveillant envers ceux qui te cherchent ;
mais que n'es-tu pas pour ceux qui te trouvent ?
Les mots ne peuvent dire, l'écriture ne peut exprimer,
mais celui qui l'a éprouvé
peut croire ce que c'est qu'aimer Jésus.
Ô Jésus, sois notre joie,
toi qui seras un jour notre récompense ;
que notre gloire soit en toi
durant les siècles à venir. Amen.

*

Nous adorons, Seigneur, ta Croix,
et nous chantons ta sainte résurrection.
Voici que du bois de la Croix
nous vient la joie qui envahit le monde entier.
Aie pitié de nous, Seigneur, et bénis-nous !
Montre-nous ton visage
rayonnant de lumière et de pardon.

*

Nous étions jadis ténèbres,
mais à présent nous sommes lumière dans le Seigneur.
Béni sois-tu, ô Christ,
par qui l'homme a reçu le nom de lumière.
Béni sois-tu, ô Christ,
par qui la nature humaine a donné à Dieu un vêtement
et la nature divine a accordé en échange
à la nature humaine
la personne et l'existence d'un Dieu.

Pantaléon, IXe s.

*

Je te salue, Salut du monde ;
Je te salue, Jésus aimé.
M'adapter à ta croix, je le voudrais bien ;
tu en sais la cause, prête-toi à moi.
Tes plaies rouges, tes blessures profondes,
grave-les dans mon cœur,
afin que t'aimant de toute manière,
je sois avec toi transpercé.
Debout sur cette croix, regarde-moi bien,
mon Bien-Aimé, attire tout à toi ;
dis-moi bien : « je te guéris, je te pardonne tout. »
Voici qu'épris de ton amour,
je t'embrasse tout rougissant :
je m'applique à toi
tu n'en sais que trop la cause,
mais supporte-moi, ne dis rien.
Que mon audace ne te déplaise ;
malade et souillé que je suis.
Puisse ton sang qui coule ici partout me laver,
me guérir et me rendre sans tache.

Anonyme, IXe s.

*

Nous t'adorons, Jésus, et nous te bénissons :
Parce que tu as racheté le monde par ta sainte Croix !
Jésus, mon Seigneur et mon Sauveur,
je t'adore suspendu à la croix,
couronné d'épines, percé de clous,
les membres torturés, le corps couvert de sang,
épuisé de plaies.

Je t'adore méprisé, tourné en dérision,
abandonné, accablé de toutes les souffrances,
au-dedans et au-dehors,
abreuvé de fiel et de vinaigre.
Je te confesse la grandeur de mes fautes :
c'est moi qui suis la cause de ta si amère passion
car tu as plus souffert par moi
que par ceux qui te crucifiaient.
Très bon Seigneur, si je t'ai crucifié,
j'ai été vaincu par la fragilité humaine.
J'ai péché, non pour te couvrir d'outrages,
mais pour obéir à mes sens.
Je veux réparer tous mes consentements
aux jouissances illicites
par la douleur du sacrifice,
et les effacer par des larmes ardentes.
Puisque tu es le Fils de Dieu,
sauve ton pauvre serviteur.
Je ne te demande pas de descendre de ta croix,
mais je te prie d'abaisser les yeux de ta miséricorde
sur moi qui suis prosterné à tes pieds.
Je ne te transpercerai pas de clous,
je n'ouvrirai pas d'un coup de lance ton côté,
mais je vénérerai ton cœur par de très humbles prières
et par les traits de feu d'un ardent et tendre amour.
Laisse tomber, je t'en supplie, de ton côté ouvert,
une goutte de ton sang sur mon âme blessée et malade,
et je serai sauvé.
Roi glorieux du ciel et de la terre,
souviens-toi de moi,
toi qui es maintenant dans ton Royaume.

Surius, chartreux, XVIe s.

*

Ô ineffables entrailles de la miséricorde de Dieu.
Ô tendresse sans borne,
digne d'une admiration sans limite !
Pour délivrer un serviteur, tu as livré ton Fils.
Mon Dieu s'est fait homme pour délivrer un coupable,
la sagesse s'est incarnée
pour instruire la folie de l'homme.
Je bénis ton saint Nom,
je te rends grâce de tout mon cœur
d'avoir daigné nous envoyer du ciel,
pour enseigner notre ignorance,
un maître, un docteur lumineux et miséricordieux,
qui nous guide vers la vérité toute entière,
et nous montre le chemin de l'humilité,
de la charité et de toutes les vertus.
Car il est venu et nous a instruits,
par sa parole et son exemple,
à dépasser la vie présente,
à rechercher de tout notre cœur la vie future,
à mépriser la gloire du monde, à résister aux vices,
à fouler aux pieds le diable,
à se fatiguer par les bonnes œuvres,
à convoiter les choses d'en haut et à te servir,
toi, le Seigneur, dans une appartenance parfaite.
Je te rends grâce, Seigneur infiniment bon,
d'avoir envoyé ce noble pasteur
à la recherche de la brebis perdue.
Car cet humble et bon pasteur
a cherché la brebis perdue, il l'a retrouvée
et l'a rapportée sur ses propres épaules
jusqu'au bercail.
Je te rends grâce, notre Dieu glorieux,
d'avoir envoyé un guerrier si valeureux
pour repousser les puissances répandues dans les airs

et leur chef l'ennemi plein de malice
qui détenait l'empire de la mort.
Car il est venu plus fort que le Fort pour le lier,
lui enlever les armes dans lesquelles il se confiait
et distribuer ses dépouilles.
Il brisa l'aiguillon de la mort,
écartant l'épée de feu qui fermait l'entrée du paradis,
et ouvrit aux croyants les royaumes des cieux.
Je te rends grâces, Père saint,
Dieu tout-puissant et éternel,
d'avoir prescrit à ton Fils
le créateur de toutes choses
de revêtir notre chair
et d'endurer pour notre salut le supplice de la croix.

Jean de Fécamp, XIe s.

*

Nous te louons, nous te bénissons, Jésus Sauveur !
que par ta passion et ta croix,
nous arrivions à la gloire de la résurrection.

*

Toi qui t'es élevé sur une nuée lumineuse
et qui as soumis le monde,
béni sois-tu, Dieu de nos Pères.
Ô Christ, après avoir chargé sur tes épaules
la nature égarée,
tu t'es élevé et tu l'as présentée à Dieu le Père.
Toi qui es remonté dans ta chair
auprès du Père incorporel, tu es béni Dieu de nos pères.
Ayant relevé notre nature tuée par le péché, tu l'as,
Sauveur, présentée à ton propre Père.

Liturgie byzantine

*

Face adorable de Jésus,
seule beauté qui ravit mon cœur,
daigne imprimer en moi ta divine ressemblance,
afin que tu ne puisses contempler mon âme
sans te contempler toi-même. *(Ste Thérèse)*

*

En ce matin, je te loue, je te loue,
et en cet autre matin à venir, je t'exalterai ;
dans les deux matins, à toi la louange,
ô Seigneur des deux mondes. *(St Ephrem)*

*

Âme du Christ, sanctifie-moi,
Corps du Christ, sauve-moi,
Sang du Christ, enivre-moi,
Eau du côté du Christ, lave-moi,
Passion du Christ, fortifie-moi.
Ô bon Jésus, exauce-moi
Dans tes blessures, cache-moi,
ne permets pas que je sois séparé de toi ;
de l'ennemi, défends-moi,
à ma mort appelle-moi,
ordonne-moi de venir à toi,
pour qu'avec tes saints je te loue,
dans les siècles des siècles. Amen.

(Anima Christi)

*

Je te prie, je te prie, ô Vierge sainte :
Que l'Esprit m'obtienne de posséder Jésus,
cet Esprit qui t'obtint d'enfanter Jésus.
Que l'Esprit donne à mon âme de recevoir Jésus,
cet Esprit qui te donna de concevoir en ta chair
ce même Jésus.
Que l'Esprit me fasse connaître Jésus,
cet Esprit qui te fit connaître
ce que c'est que posséder et enfanter Jésus.
Que l'Esprit m'accorde
de proclamer humblement les grandeurs de Jésus,
cet Esprit en qui tu te déclares servante du Seigneur,
et désires qu'il te soit fait
selon la parole de l'ange.
Que l'Esprit m'enseigne l'amour de Jésus,
cet Esprit qui te donna de l'adorer comme ton Seigneur,
de le regarder comme ton Fils.

St Ild. de Tolède, VIIe s.

Si vous n'avez jamais eu l'occasion de faire la démarche d'accepter Jésus comme votre Seigneur et votre Sauveur, vous pouvez le faire en toute simplicité avec cette prière. Et que l'Esprit Saint fasse en vous son œuvre.

Ô Dieu, tu es mon Père,
je confesse que je suis pécheur devant ta face.
Pardonne-moi, je te prie,
car j'ai blessé ton amour.
Pardonne les fautes dont j'ai souvenance,
et toutes celles que j'ai enfouies en mon cœur.
Merci, Jésus,
car tu as pris sur ta croix le poids de mon péché.
Je te reçois aujourd'hui comme mon Sauveur
avec la vie nouvelle que tu me donnes gratuitement.
Je veux vivre pour toi, pour te louer,
pour te bénir, pour te servir.
Je reçois ton Esprit Saint et je veux te suivre.
Seigneur, que ton Esprit agisse en moi,
que sa puissance et son onction
soient libérées en moi.
Renouvelle la grâce de mon baptême :
fais agir ton Esprit en moi comme jamais auparavant ;
libère en moi sa puissance et ses dons,
dans ma vie, dans ma famille,
dans mon travail, dans ma communauté.
Louange à toi ! Béni sois-tu, Seigneur ! Amen !

8. *CHANTEZ AU SEIGNEUR UN CHANT NOUVEAU !*

LOUEZ-LE, RENDEZ-LUI GRÂCE !

“*Sans t’égarer, sans reculer, sans piétiner, chante et marche*”, dit saint Augustin... Pourquoi donc éprouvons-nous tellement de difficulté à louer Dieu, à bénir, à rendre grâces ? C’est que nous ne croyons pas encore pleinement en son amour !

Permettez-moi de vous inviter à demander à Dieu la grâce de vous décider pour lui, encore une fois, de lui rendre grâces en toutes circonstances.

Si vous voulez que votre prière touche le cœur de Dieu, obéissez-lui donc : devenez eucharistie ! Telle est sa volonté, comme le dit saint Paul : “*Restez toujours joyeux. Priez sans cesse. En toute condition, soyez dans l’action de grâces. c’est la volonté de Dieu sur vous dans le Christ Jésus*” (1 Th 5, 16-18).

Et le jour où vous comprendrez pourquoi saint Ignace affirme dans ses *Exercices Spirituels* que *l’homme a été créé pour louer, révérer et servir Dieu*, vous découvrirez votre place dans l’univers. Et cette place, elle est dans le cœur de Dieu !

Mais voilà, les hommes sont incapables de se libérer de cette colère atavique qui leur colle à la peau, de cette révolte qui muselle leur cœur et les empêche de reconnaître qu'ils ont été créés par amour et qu'ils sont fils dans le Fils bien-aimé ! Ils se cachent même de Dieu, car ils ont peur de la rencontre, du face à face : ils se sentent indignes ou coupables !

Louez Dieu, chantez son Nom ! Vivez votre qualité de filles et de fils du Père ! Au début, cela vous semblera peut-être artificiel, superficiel, ou même peu sincère. Si vous persévérez, une source va jaillir en vous qui vous enivrera et vous fera goûter la joie de l'Esprit Saint.

Acceptez d'utiliser, pour commencer, des formules, des phrases composées par d'autres ; acceptez de vous servir d'un texte, en sachant que vous n'êtes jamais dans l'erreur quand vous utilisez les mots mêmes de la Bible, les expressions des psaumes, tout ce qui vient de la grande tradition chrétienne. Tout le trésor de l'Église est à votre disposition ! Le Missel dominical et celui de semaine, la liturgie des Heures regorgent de tant de trésors, de citations de la Parole qui vous permettront de faire l'apprentissage de la louange.

Rappelez-vous que l'office du matin dans la liturgie des Heures porte le beau nom de *Laudes*, c'est-à-dire *Louanges*. C'est un office à la louange du Dieu vivant. N'avez-vous jamais remarqué que le nom même par lequel on désigne le renouvellement de l'offrande du Christ sur le calvaire, la liturgie de la messe, signifie *action de grâces* !

Les enfants du bon Dieu semblent avoir oublié que leur premier devoir est de louer leur Père... Ils ignorent que les anges chantent la louange de Dieu, qu'eux-mêmes passeront leur ciel à s'émerveiller de sa splendeur. Vous pensez peut-être comme certains que louer Dieu est un exercice fastidieux et lassant ! Non, la louange n'est pas un exercice passif et imposé ! Elle ressemble plutôt à ces merveilleuses improvisations au piano ou à l'orgue que l'on entend sous les doigts de grands musiciens. La louange est la respiration de la vie, une réalité vivante, elle est la respiration de l'amour !

Louez le Père, le Fils et l'Esprit Saint pour ce qu'ils sont et ce qu'ils font, car leur gloire éclate à travers l'univers ! Vous faites partie du peuple de la louange ! Gloire à Dieu au plus haut des cieux et paix sur la terre aux hommes qu'il aime !

✠ Nous te rendons grâce, ô Père saint,
pour ton saint Nom,
que tu as fait habiter dans nos cœurs,
et pour la connaissance, la foi et l'immortalité,
que tu nous as révélées par Jésus, ton serviteur.
Gloire à toi dans les siècles !

C'est toi, Maître Tout-Puissant,
qui as tout créé pour l'honneur de ton Nom,
qui as donné aux hommes la nourriture et la boisson
pour leur plaisir, afin qu'ils te rendent grâce ;
Mais à nous tu as donné une nourriture
et un breuvage spirituels,
et la vie éternelle, par ton Serviteur.

Avant tout, nous te rendons grâce pour ta puissance.
Gloire à toi dans les siècles !

Souviens-toi, Seigneur, de ton Église,
délivre-la de tout mal,
rends-la parfaite en ton amour.
Des quatre points cardinaux, rassemble-la,
ton Église sainte, dans ton royaume,
que tu lui as préparé.
Car à toi est la puissance et la gloire
dans tous les siècles.
Vienne la grâce et que ce monde passe !
Hosanna au Fils de David !
Si quelqu'un est saint, qu'il vienne !
Si quelqu'un ne l'est pas, qu'il se convertisse !
Viens, Seigneur ! Amen !

Didaché Ier s. ou début IIe s.

*

Gloire et louange à toi, Seigneur Jésus,
parce que tu es le roc de mon cœur
et ma part à jamais !
Tu es la lumière de ma vie !
Oui, je te bénis, Père,
Seigneur du ciel et de la terre,
d'avoir caché ces choses aux sages et aux habiles,
et de les avoir révélées aux petits. *(Mt 11,25)*
Béni sois-tu ! Loué sois-tu !

Père, tu es le Père de notre Seigneur Jésus Christ,
tu es le soleil sans déclin...
Loué sois-tu !

Ton Esprit, Jésus, ne cesse de crier : “Abba ! Père !
Il chante en nous un cantique nouveau ...
Loué sois-tu !

Je te bénis, Père, et toi, le Bien-aimé du Père,
et toi, cher Saint Esprit, lien d'amour...

Gloire au Père et au Fils et au saint Esprit,
au Dieu qui est, qui était et qui vient...

Seigneur, ton amour est de toujours à toujours !
Tu as créé le ciel et la terre ...

Amour tout-puissant, Dieu très sage,
tu créas l'homme digne d'être aimé ...

Béni sois-tu, Père, car en créant le monde,
tu as vu que tout cela était bon ...

Tu as fait l'homme à ton image et à ta ressemblance,
tu l'as fait à peine moindre qu'un dieu ...

Tu lui as donné une merveilleuse compagne
qui est devenue la mère des vivants...

Merveille d'amour que tu fis pour tes enfants,
et que tu continueras jusqu'à la fin des temps ...

Tu as fait de nous ton peuple,
nous sommes les brebis de ton bercail ...

Ton amour s'étend d'âge en âge
sur ceux qui te respectent et te vénèrent ...

Je t'adore, toi le Dieu d'Abraham, d'Isaac et de Jacob,
tu es le Dieu des vivants à jamais...
Loué sois-tu !

Je t'adore, Amour, Dieu de mon cœur,
je suis tout à toi comme tu es tout à moi...

Ô Amour, Tout-Puissant, confirme-moi dans ton amour,
Ô Amour, très cher, donne-moi de vivre pour toi seul...

Tu prends la tête du troupeau !
Tu libéras ton peuple du pharaon !

Tu fais passer la mer à pied sec,
c'est toi qui conduis à travers le désert...

Tu es le Dieu de l'alliance, tu nous donnes la Loi !
Tu conduis ton peuple vers la terre promise...

Que tes œuvres sont admirables !
À travers elles, nous découvrons qui tu es...

Tu es merveilleux, tu es saint, tu es adorable,
tu es Dieu, tu es l'Être, la Vie...

Tu es très fidèle, tu m'aides et me consoles,
Tu es victorieux, fais-moi porter du fruit en toi...

Nous bénissons ta Justice et ta Miséricorde !
Tu mets ta puissance au service de ton amour...

Mais tu es d'abord le Dieu qui pardonne,
tu es lent à la colère et plein d'amour !
Gloire à toi, Seigneur de gloire !

Gloire à toi, Père, pour tes prophètes,
Gloire à toi pour les prévenances de ton amour.
Gloire à toi.

Gloire à toi pour tous les signes de ton amour,
Gloire à toi pour l'histoire sainte de ton peuple ...

Tu ne te contentes pas de rayonner ta gloire,
tu engendres ton Fils, ta Parole ...

Gloire à toi pour ton Fils, la Parole faite chair !
Gloire à toi pour l'honneur que tu fais à l'homme...

Gloire à toi, Jésus Christ, le Fils du Père !
Gloire à toi notre Sauveur ! Gloire à toi ...

Gloire à toi, fils de la Vierge Marie !
Gloire à toi, l'Alpha et l'Oméga ...

Tu es merveilleux, Jésus, fils de Marie !
Je regarde vers toi, et je resplendis ! Gloire à toi ...

Je bénis ton Nom, Fils du Père, Fils de Dieu,
je bénis ton amour fou, bien-aimé ...

Tu as fait merveille en nous créant,
et plus grande merveille encore en nous rachetant...

Tu es notre bon berger, notre grand-prêtre,
tu es notre prophète et notre Roi ...

Tu séduis tout qui s'approche de toi,
car tu es le témoin fidèle du Père très aimant…

Toi qui fus baptisé dans le feu de l'Esprit,
je veux t'écouter, fils bien-aimé du Père
Béni sois-tu !

Toi seul es sans péché, toi seul es le seul Saint !
Tu es le bon Samaritain pour nos cœurs infidèles ...

Tu t'assieds, Jésus, à la table des pécheurs,
tu as bu le vin des noces de Cana ...

Tu ne crains ni le puissant ni l'arrogant,
tu accueilles la veuve et tous les orphelins ...

Pour toi pas de Sabbat qui compte, pas de frontières,
quand ton amour te pousse à faire le premier pas ...

Louange à toi, Seigneur, pour tous les cœurs guéris,
pour les corps restaurés et pour les vies sauvées ...

Ô mon Seigneur, Messie, Sauveur !
Ton Nom est le seul Nom qui fait vivre et ressuscite…

Merci, Seigneur, pour Marie et pour Marthe,
pour toutes ces femmes que tu as relevées…

Merci pour Zachée, Nicodème, Lazare,
et pour tous les scribes et les bons pharisiens…

Je bénis aussi ces pharisiens qui t'ont agressé :
grâce à eux tu nous dévoilas tant de merveilles ...

Je bénis, Saint-Esprit, merveilleux Conseiller,
les paroles que tu inspirais à Jésus contredit…

Merci pour ta présence et pour ta Sagesse,
ta Vigilance, ton feu et ta miséricorde. Merci, Seigneur !

Saint Esprit, je t'adore, Dieu caché,
tu ranimes en moi les ossements desséchés ...

Toi qui es Souffle mais aussi tempête,
toi qui es Douceur et Force, je t'adore ...

Esprit de Jésus, Consolateur, Paraclet,
tu te fais connaître à travers Jésus …

Toi qui l'as conduit au désert et au Calvaire,
de son cœur ouvert tu nous as donné l'eau vive ...

Tu enivras jadis le cœur des apôtres et de Marie :
donne-nous la sobre ivresse de ta divine Sagesse !
Enflamme-nous d'un zèle nouveau
pour annoncer au monde les merveilles de Dieu !

Viens, Saint Esprit de Dieu, et fais jaillir des cieux
l'éclair de ta splendeur.
Père des miséreux, viens Esprit généreux,
viens, lumière des cœurs.
Que ta fraîcheur me calme, hôte apaisant de l'âme,
parfait consolateur,
Repos de l'ouvrier, paix du cœur enfiévré,
espoir de l'homme en pleurs.
Clarté de paradis, pénètre les replis
de nos cœurs de croyants.
Sans toi, Esprit divin, dans l'homme il n'y a rien,
rien qui soit innocent.
Lave son cœur sordide, baigne son cœur aride,
panse son cœur blessé.
Fléchis la nuque raide, réchauffe l'âme froide,
rends droit l'esprit faussé.
À ceux qui s'abandonnent, à tes fidèles
donne les sept vertus des saints.
Et la gloire des forts, le ciel après la mort,
et le bonheur sans fin. Amen ! Alléluia !

9. *LOUEZ DIEU AVEC LES PSAUMES !*

On retrouve dans certains psaumes des invitations à bénir et à louer qui sont une trace des interventions des Lévites auprès de la foule réunie dans les parvis du temple de Jérusalem pour la prière.

Chantez avec vos frères et vos sœurs les louanges du Seigneur ! Vous pouvez facilement alterner avec d'autres ces textes qui sont extraits des psaumes de louange : ce sont autant d'invitations à la louange, à la bénédiction, à la reconnaissance.

Comme il serait bon que vous vous laissiez saisir par la joie et l'allégresse, à la manière de Marie dans son *Magnificat* ! Permettez à votre cœur d'exulter ! Les Lévites du Temple invitaient les fidèles à chanter, mais aussi à lever les mains, à s'exprimer à haute voix, à laisser éclater leur joie, à danser, à jouer des instruments ! La louange pouvait déclencher une véritable liesse, *car il est grand, notre Dieu, et louable hautement ! Il se souvient de son amour !*

Souvenez-vous aussi qu'il convient de prier en union avec le monde entier. Quand vous louez et bénissez, ce n'est pas seulement en votre nom que vous le faites, mais *au nom du Corps du Christ, au nom de l'Église.*

L'Église ne demande-t-elle pas aux prêtres et aux consacrés, mais aussi à tous les chrétiens qui en ont la possibilité, de se tenir sans cesse devant Dieu pour exercer le devoir de la louange ? Les moines et les moniales se réunissent sept fois par jour pour la célébration de l'office divin.

Le Talmud est clair quand il dit : *"Il faut en priant toujours s'associer à la prière de la communauté, car c'est ainsi que la prière sera exaucée."* (TB Berakhot 29b)

Seigneur, ouvre mes lèvres,
Et ma bouche publiera ta louange (Ps 51, 17).

Il est bon de chanter notre Dieu,
Il est doux de le bien louer,
il est beau de chanter sa louange (Ps 147, 1).

En toi ma louange sans cesse,
que tout le jour ma bouche
soit remplie de ta louange ! (Ps 31, 14).

Que ma bouche dise ta louange,
que toute chair bénisse ton saint Nom (Ps 145, 21).

Chantez au Seigneur un chant nouveau,
louez-le dans l'assemblée de ses fidèles (Ps 149, 1).

En ma bouche il a mis un chant nouveau,
louange à notre Dieu (Ps 40, 4).

Louez, serviteurs du Seigneur,
louez le Nom du Seigneur (Ps 113, 1).

Peuples, bénissez le Seigneur,
faites résonner sa louange (Ps 66, 8).

Que le Nom du Seigneur soit béni,
dés maintenant et pour toujours (Ps 113, 2).

Je bénis ton Nom toujours et à jamais,
je louerai ton Nom toujours et à jamais (Ps 145, 7).

Du lever du soleil à son coucher,
loué soit le Nom du Seigneur (Ps 113, 3).

Je louerai le Seigneur tant que je vivrai,
je jouerai pour son Nom tant que je durerai (Ps 146, 1-2).

Acclamez Dieu toute la terre,
chantez à la gloire de son Nom (Ps 66, 1).

Acclamez Dieu toute la terre,
rendez-lui grâce et bénissez son nom (Ps 100, 1-4).

Béni soit le Seigneur qui seul a fait des merveilles,
béni soit pour toujours son Nom de gloire (Ps 72, 18-19).

Glorifiez le Seigneur en célébrant son Nom,
dites à Dieu : “Que tes œuvres sont redoutables !”
(Ps 66, 1-3).

Grand est le Seigneur et très digne de toute louange,
il est redoutable, lui, parmi tous les dieux (Ps 96, 4).

Qu'ils jubilent tous ceux qui te cherchent,
qu'ils redisent constamment : "Le Seigneur est grand !"
ceux qui aiment ton salut (Ps 40, 17).

Il envoie la délivrance à son peuple
il déclare pour toujours son alliance,
saint et redoutable est son Nom (Ps 111, 9).

Il est bon de rendre grâce au Seigneur,
de jouer pour ton Nom, Dieu très Haut (Ps 92, 2).

Il est bon de publier au matin ton amour,
ta fidélité au long des nuits (Ps 92, 3).

Tu m'as réjoui par tes œuvres, Seigneur,
devant l'ouvrage de tes mains, je m'écrie :
"Que tes œuvres sont grandes, Seigneur,
combien profondes tes pensées !" (Ps 92, 5-5).

Venez, crions de joie pour le Seigneur,
allons au-devant de lui en rendant grâce (Ps 95, 1).

En ma bouche il a mis un chant nouveau,
beaucoup verront et auront foi en lui (Ps 40, 4).

Bénis le Seigneur, ô mon âme,
Seigneur, mon Dieu, tu es si grand (Ps 104, 1).

Pour toujours ta gloire, Seigneur,
bénis le Seigneur, ô mon âme (Ps 104, 31).

Bénis le Seigneur, ô mon âme,
depuis toujours et pour toujours (Ps 41, 14).

Bénissez le Seigneur, vous, ses anges,
bénissez le Seigneur, toutes ses armées (Ps 103, 20-21).

Bénissez le Seigneur, toutes ses œuvres,
bénis le Seigneur, ô mon âme (Ps 103, 22).

Que toute la terre soit remplie de ta gloire,
béni soit ton Nom, pour toujours (Ps 72, 19).

Nous, ton peuple, le troupeau de ton bercail,
nous te rendrons grâce toujours,
d'âge en âge nous publierons ta louange (Ps 79, 13).

Peuples, bénissez notre Dieu,
faites résonner sa louange (Ps 66, 8).

Je bénirai le Seigneur en tout temps,
sa louange sans cesse à mes lèvres (Ps 34, 1).

Magnifiez avec moi le Seigneur,
exaltons tous ensemble son Nom
Je crie vers le Seigneur, il me répond
et de toutes mes frayeurs il me délivre (Ps 34, 4-5).

Que le malheureux et le pauvre louent ton Nom,
que l'opprimé ne rentre pas déshonoré (Ps 74, 21).

Je louerai le Nom de Dieu par un cantique,
je le magnifierai par l'action de grâce (Ps 69, 31).

J'irai jusqu'à ton autel, Seigneur,
vers le Dieu de ma joie (Ps 43, 4).

Ma bouche est remplie de ta louange,
tout le jour de ta splendeur (Ps 71, 8).

Rendez grâce au Seigneur sur la harpe,
jouez pour lui sur la lyre à dix cordes (Ps 33, 2).

Entonnez pour le Seigneur l'action de grâce,
jouez pour notre Dieu sur la harpe (Ps 147, 7).

Il est bon de chanter notre Dieu,
il est doux de le bien louer (Ps 147, 1).

Oui, je te bénirai durant ma vie,
en ton Nom j'élèverai les mains (Ps 63, 5).

À toi nous rendons grâce, proche est ton Nom,
on raconte tes merveilles (Ps 75, 2).

Je te rends grâce pour ta justice,
Je joue pour ton Nom, Dieu Très Haut (Ps 7, 18).

Je te rendrai grâce dans la grande assemblée,
dans un peuple nombreux je te louerai (Ps 35, 18).

Peuples, bénissez notre Dieu,
faites résonner sa louange,
car il n'a pas laissé notre pied chanceler (Ps 66, 8).

Toujours je te rendrai grâce car tu as agi,
et j'espère ton Nom, car il est bon (Ps 52, 11).

Je te chanterai, tu as changé le deuil en une danse,
Seigneur mon Dieu, je te rendrai grâce toujours !
(Ps 30, 12-13).

En ma bouche le Seigneur a mis un chant nouveau,
louange à notre Dieu (Ps 40, 4).

Criez de joie, vous les bien-aimés de Dieu,
que jubilent ceux qui te cherchent, Seigneur (Ps 40, 17).

Par la bouche des enfants tu t'es préparé une louange,
à cause de tes adversaires (Ps 8, 3).

Tu habites la louange de ton peuple,
je joue pour ton nom, Dieu très haut (Ps 22, 4).

Tu me fais remonter des portes de la mort,
pour que j'exulte à cause de ton salut (Ps 9, 14-15).

Ton amour est meilleur que la vie,
mes lèvres feront ton éloge (Ps 63, 4).

Oui, je te bénirai durant toute ma vie,
en ton nom, j'élèverai les mains (Ps 63, 5).

Lèvres jubilantes, louange en ma bouche,
meilleur que la vie ton amour (Ps 63, 6).

Je t'appelle au jour d'angoisse et tu me délivres,
tu m'affranchiras et je te rendrai gloire (Ps 50, 15).

Tu n'as pas méprisé la prière du spolié,
tu nous prends en charge, Dieu de notre salut ;
un peuple recréé, renouvelé, te louera (Ps 102, 19).

Qu'elle est grande ta bonté, Seigneur,
tu la dispenses à qui te prend pour abri (Ps 20).

Le Seigneur qui fit pour moi des merveilles d'amour,
Je le bénis, il est mon refuge (Ps 31, 22).

Je t'exalte, toi qui m'as tiré du puits,
tu n'as pas fait rire de moi mes ennemis (Ps 30, 2).

Seigneur, qui est comme toi
pour délivrer le malheureux du plus fort ? (Ps 35, 10).

Je te rendrai grâce en droiture de cœur,
instruit de tes justes jugements (Ps 119, 7).

Au milieu de la nuit, je me lèverai,
je rendrai grâce pour tes justes jugements (Ps 119, 62).

Sept fois le jour je te loue pour tes justes jugements,
que mes lèvres publient ta louange (Ps 119, 164).

Que je vive pour te louer,
que tes jugements me viennent en aide (Ps 119, 175).

Vous qui craignez le Seigneur, louez-le,
toute la lignée de Jacob, glorifiez-le (Ps 22, 24).

Ils loueront le Seigneur ceux qui le cherchent :
"Que votre cœur vive à jamais !" (Ps 22, 27).

Je te rends grâce pour tant de prodiges...
merveille que je suis,
merveilles que tes œuvres (Ps 139, 14).

Sur toi j'ai mon appui dès avant la naissance,
en toi ma louange constamment (Ps 71, 6).

Nous, les vivants, nous te louons,
nous te chantons dès maintenant et à jamais (Ps 115, 18).

Que toutes tes œuvres te rendent grâce,
que tes fidèles te bénissent (Ps 145, 10).

Que ma bouche dise ta louange, Seigneur,
que toute chair bénisse ton saint nom (Ps 145, 21).

Louez Dieu en toute sa grandeur !
que tout ce qui respire loue le Seigneur ! (Ps 150, 2.8).

Bénis le Seigneur, ô mon âme,
n'oublie aucun de ses bienfaits (Ps 103, 2).

Toujours nous te rendrons grâce, Seigneur,
et d'âge en âge nous publierons ta louange (Ps 79, 13).

Qu'ils le disent ceux qui craignent le Seigneur :
éternel est son amour (Ps 118, 4).

Allons ! Bénissez le Seigneur,
vous, tous les serviteurs du Seigneur (Ps 134, 1).

Dieu de ma louange, ne te tais plus !
Je te louerai au milieu de la multitude (Ps 109, 1.30).

Béni soit le Seigneur depuis toujours et pour toujours !
Et tout le peuple dira : “Amen ! Alléluia !” (Ps 106, 48).

Louez le Seigneur, tous les peuples,
fêtez-le, tous les pays !
Fort est son amour pour nous,
pour toujours sa vérité (Ps 117).
Alléluia ! Alléluia ! Alléluia !

10. *NÉHÉMIE, TOBIE, PIERRE ET PAUL, LOUEZ LE SEIGNEUR !*

On trouve en abondance dans la Bible de nombreuses formules de bénédictions[14]. Il est possible également d'utiliser le contenu de celles qui sont adressées aux croyants pour louer Dieu, la Trinité sainte.

Quel sentiment de la grandeur, de la Majesté de Dieu se dégage de ces pages ! J'ai été réellement saisi d'effroi, de cette *crainte* sacrée qui n'a rien à voir avec la peur de Dieu mais bien avec l'adoration, le respect pour sa divine Majesté, quand, après avoir recopié ces textes, je les ai proclamés à haute voix.

Venez, frères et sœurs, adorons le Seigneur ! Sa miséricorde est infinie, et admirables sont ses œuvres ! Adorez, rendez grâce et entrez en sa présence ! Gloire à Dieu pour tout ce qu'il est, Gloire à lui parce qu'il est un Père si proche des siens en Jésus Christ ! Il est fidèle ! Son mystère est infiniment grand. Alors à lui la louange !

En compagnie des anges et de la cour céleste, en présence de la Trinité Sainte, du Père Très Saint, de l'Agneau sans tache, avec l'Esprit d'amour, comme Moïse au mont Horeb, je vous invite à ôter vos sandales, car la terre que vous foulez est une terre sainte.

Dans un sentiment profond d'admiration, comme des enfants, goûtez ce que la Parole vous fait découvrir du mystère divin et que Pierre et Paul expriment avec une profondeur et une tendresse inouïes. Que le Père de notre Seigneur Jésus Christ vous illumine de sa gloire ; il met sa toute-puissance au service de son amour, il vous revêt du manteau royal, il vous met l'anneau au doigt et vous fait asseoir à sa table.

Seigneur, Seigneur,
Dieu de tendresse et de grâce,
à la longue patience, obligeant et fidèle,
tu as des réserves de bonté pour des milliers !
Béni sois-tu, loué sois-tu !

Cf. Ex 34, 6-7

Mon Dieu, tu es un Dieu de tendresse,
tu ne laisses pas ton peuple à l'abandon
et à la destruction ! Béni sois-tu !
Tu n'oublies pas l'alliance
que tu as jurée à nos pères. Béni sois-tu !

Cf. Dt 4, 31

Je bénis ton Nom, mon Dieu, d'éternité en éternité !
Je bénis ton Nom de gloire
qui surpasse toute bénédiction et toute louange ...

Cf. Ne 9, 5

Je te bénis, mon Dieu, tu es l'Unique !
Tu as fait le ciel et la terre.
Tu donnes vie à tes créatures...

Cf. Ne 9, 6

Je te bénis, toi le Dieu d'Abraham,
Tu as trouvé son cœur fidèle envers toi,
et tu as fait alliance avec lui...

Cf. Ne 9, 7-8

Béni sois-tu, toi qui as vu la détresse de nos ancêtres
en Égypte et auprès de la mer rouge !
Tu t'es acquis une renommée qui dure toujours...

Cf. Ne 9, 9-10

Je te bénis, toi qui as fendu la mer ;
grâce à toi ton peuple fit la traversée à pied sec...

Cf. Ne 9, 11

Je te bénis, toi qui as guidé ton peuple,
par une colonne de nuée, le jour,
et de nuit par une colonne de feu.
Tu voulais éclairer devant eux leur route...

Ne 9, 12

Béni sois-tu, toi qui es descendu sur le mont Sinaï,
toi qui as parlé depuis les cieux...
Béni sois-tu pour tes justes commandements,
Pour tes lois sûres et tes ordres parfaits...

Ne 9, 13

Béni sois-tu pour le Sabbat et pour ta sainte Loi
que tu donnes à ton peuple par ton serviteur Moïse...

Ne 9, 14

Béni sois-tu pour le pain et pour l'eau du rocher!
Béni sois-tu pour la terre promise...

Ne 9, 15

Béni sois-tu, Dieu de pardon,
clément et compatissant,
lent à la colère et riche en grâces,
tu n'as pas abandonné nos ancêtres
quand ils se sont fabriqué un veau en or...

Cf. Ne 9, 17

Béni sois-tu, car tu leur as donné ton bon esprit
pour les rendre avisés!
Tu n'as pas refusé ta manne à leur bouche,
tu leur as fourni l'eau pour étancher leur soif...

Cf. Ne 9, 20

Pendant quarante ans tu as pris soin d'eux au désert,
ils n'ont manqué de rien. Loué sois-tu!
leur habit ne s'est pas usé, leur pied n'a pas gonflé...

Cf. Ne 9, 21

Seigneur, tu nous bénis, tu nous gardes,
tu fais luire ton visage sur nous,
tu nous donnes ta grâce!
Tu nous révèles ta face et nous donnes ta paix...

Cf. Nb 6, 24-26

Tu es juste, Seigneur,
tous tes actes et tous tes desseins
sont miséricordieux et fidèles ;
le jugement que tu rends est toujours vrai et juste.
Souviens-toi de moi, jette les yeux sur moi…

Tb 3, 2-3

Tu es béni, Seigneur, mon Dieu,
et béni dans les siècles ton Nom saint et glorieux.
Que toutes tes œuvres te bénissent à jamais…

Tb 3, 11

Nous te bénissons, Dieu !
Nous bénissons ton grand nom !
Nous bénissons tes saints anges !
Vienne sur nous ton grand nom !

Cf. Tb 11, 14

Nous te bénissons, nous exaltons ta grandeur,
nous t'exaltons devant tous les vivants,
puisque tu es notre Seigneur et Dieu,
notre Père pour toujours…

Tb 13, 4

Nous voyons comment tu nous traites, Seigneur,
nous te remercions à pleine voix,
nous te bénissons, Seigneur de justice,
nous t'exaltons, toi le Roi des siècles…

Tb 13, 7

Je te remercie, Seigneur,
je te bénis, roi des siècle,
afin qu'en moi ta Tente soit relevée dans la joie...

Tb 13, 11

Bénis le Seigneur, Ville Sainte, Jérusalem,
parce que d'émeraude et de saphir tu seras rebâtie,
de pierres précieuses tes murs,
d'or massif tes tours et tes remparts...

Cf. Tb 13, 17

Alléluia ! diront toutes tes rues,
Béni sois-tu, Seigneur,
qui as exalté ta Ville pour les siècles...

Cf. Tb 13, 18

Tu es béni, Dieu, Roi d'Israël,
toi seul as fait des merveilles !
Béni est à jamais ton nom de gloire !
Toute la terre est remplie de ta gloire...

Cf. Ps 72,18-19

Tu es béni, Dieu des humbles et des opprimés,
soutien des faibles et abri des abandonnés !
Sauveur des désespérés...

Cf. Ju 9, 11

Je te bénis, Père, Seigneur du ciel et de la terre,
d'avoir caché ces choses aux usages et aux habiles,
et de les avoir révélées aux tout-petits.
Père, je te loue de l'avoir voulu ainsi...

Cf. Mt 11, 25-26

Tu es béni, Seigneur Jésus,
toi qui es mort pour nos péchés
et ressuscité pour notre vie !
À toi la gloire pour les siècles des siècles...

Cf. Rm 4, 25

Tu es béni, Dieu de persévérance et de consolation !
Donne-nous d'avoir les uns pour les autres
les mêmes sentiments selon le Christ Jésus !
Que d'un seul cœur et d'une seule voix
nous glorifions le Dieu et Père
de notre Seigneur Jésus Christ...

Cf. Rm 15, 5-6

Tu es béni, Dieu de l'espérance,
Tu nous remplis de toute paix et de toute joie
dans la foi.
Que l'espérance surabonde en nous
par la puissance de l'Esprit Saint...

Cf. Rm 15, 13

Béni sois-tu, Père,
car tu as le pouvoir de nous affermir selon l'Évangile,
dans la prédication de Jésus Christ,
dans la révélation du mystère tenu secret.

Cf. Rm 16, 25

Nous te rendons grâce, Seigneur,
tu nous donnes la victoire
par notre Seigneur Jésus Christ...

Cf. 1 Co, 15, 27

Oui, béni sois-tu, Jésus Christ,
pour la révélation du mystère tenu secret
durant une éternité de siècles.
Mais tu l'as manifesté maintenant !
À toi, le seul sage, par Jésus Christ,
la gloire dans les siècles des siècles…

Cf. Rm 16, 25-27

Tu es béni, Seigneur,
toi qui peux nous rendre fermes jusqu'à la fin
pour que nous soyons irréprochables
au Jour de notre Seigneur Jésus Christ !
Tu es fidèle, toi qui nous a appelés
à l'union intime
avec ton Fils Jésus, notre Seigneur…

Cf. 1 Co 1, 8-9

Tu es béni,
Dieu et Père de notre Seigneur Jésus Christ !
Père des miséricordes et de toute consolation,
toi qui nous consoles dans toutes nos afflictions…

Cf. 2 Co 1 ; 3-4

Je te louerai toujours pour tout ce que tu as fait,
je proclamerai ton nom car il est bon…

Cf. Ps 52, 11

Tu es béni, Dieu, notre Père,
tu as ressuscité ton Fils Jésus d'entre les morts !
tu nous ressusciteras un jour avec toi
et tu nous placeras avec toi près de lui…

Cf. 2 Co 4, 14

Nous te bénissons, Dieu notre Père,
tu nous donnes la grâce et la paix !
Nous te bénissons, Seigneur Jésus Christ,
toi qui t'es livré pour nos péchés
afin de nous arracher à la perversité du monde présent,
selon la volonté de notre Dieu et Père ...

Cf. Ep 1, 3-4

Et tu nous as prédestinés dans ton amour,
à devenir tes enfants adoptifs par Jésus Christ ...

Cf. Ep 1, 3-5

Père de notre Seigneur Jésus Christ,
nous te bénissons, car tu nous as comblés
de toutes sortes de bénédictions spirituelles
dans le Christ !
Gloire à toi, Dieu notre Père,
dans l'Église et dans le Christ Jésus,
à travers les âges, aux siècles des siècles ...

Cf. Ep 3, 21

Béni sois-tu, Père,
béni sois-tu, Seigneur Jésus Christ,
vous nous donnez la paix, la charité, la foi !
La grâce avec tous ceux qui aiment
le Seigneur Jésus Christ d'un amour inaltérable ...

Cf. Ep 6, 23-24

Tu es béni, Dieu notre Père,
car tu as commencé en nous une œuvre excellente !
Poursuis-en l'achèvement jusqu'au jour du Christ Jésus...

Cf. Ph 1, 6

Béni sois-tu, Dieu notre Père,
pour cette paix qui dépasse tout sentiment !
Garde nos cœurs et nos pensées dans le Christ Jésus...

Cf. Ph 4, 7

Loué sois-tu, mon Dieu,
car tu combles tous nos besoins
selon ta richesse et avec magnificence,
dans le Christ Jésus !
À toi la gloire dans les siècles des siècles...

Cf. Ph 4, 19-20

Nous te rendons grâces, Père, tu nous as mis en mesure
de partager l'héritage des saints dans la lumière.
Tu nous as arrachés à la puissance des ténèbres,
et transférés dans le Royaume du Fils bien-aimé,
en qui nous avons la rédemption, le pardon des péchés...

Cf. Col 1, 12-13

Béni sois-tu, Christ,
pour cette paix que tu veux mettre dans nos cœurs,
cette paix à laquelle nous avons été appelés
pour ne former qu'un seul corps.
Nous sommes dans l'action de grâces.
Ta Parole habite en nous, Christ Jésus,
dans toute sa richesse !
Nous te chantons, ô Dieu, notre reconnaissance !...

Cf. Col 3, 15-17

Loué sois-tu, Dieu notre Père,
pour la grâce, la miséricorde et la paix
que toi et ton Fils vous voulez nous donner !

Cf. 1 Tm 1, 2

Béni sois-tu, Seigneur,
Toi qui nous permets de croître
dans la grâce et la connaissance
de notre Seigneur et Sauveur Jésus Christ !
À lui la gloire maintenant et jusqu'au Jour d'éternité...

P 3, 18

Loué sois-tu, Seigneur,
car tu veux nous faire croître et abonder notre charité
les uns pour les autres et pour tous.
Affermis nos cœurs
et rends-les irréprochables en sainteté
devant Dieu, notre Père,
lors de ta venue, Seigneur Jésus,
avec tous les saints...

Cf. 1 Th 3, 12-13

Béni sois-tu, Dieu notre Père,
tu ne nous as pas destinés à la colère,
mais à acquérir le salut
par notre Seigneur Jésus Christ,
qui est mort pour nous,
afin que, veillant ou dormant,
nous vivions en sa présence !

Cf. 1 Th 5, 9-10

Loué sois-tu, Seigneur, Dieu de la paix !
Donne-nous toi-même la paix
en tout temps et de toute manière,
Sois avec nous tous, Seigneur...

Cf. 2 Th 3, 16

Béni sois-tu, Roi des siècles,
immortel, invisible et seul Dieu,
honneur et gloire pour les siècles des siècles…

Cf. 1 Tm 1, 17

Loué sois-tu, bienheureux et unique Souverain,
Roi des rois et Seigneur des seigneurs,
à toi seul appartient l'immortalité,
toi qui habites une lumière inaccessible,
que nul homme n'a vu ni ne peut voir.
À toi honneur et puissance éternelle…

Cf. 1 Tm 6, 15-16

Béni sois-tu, Jésus Christ,
le même hier, aujourd'hui et dans les siècles.
Béni sois-tu, Seigneur…

Cf. He 13, 8

Gloire à toi Dieu notre Père !
En toutes choses tu es glorifié par Jésus Christ !
À lui gloire et puissance dans les siècles des siècles…

Cf. 1 P 4, 11

Loué sois-tu, Dieu de toute grâce
qui nous a appelés
dans le Christ Jésus à ta gloire éternelle !,
Tu veux nous relever toi-même après une courte épreuve !
Affermis-nous et rends-nous inébranlables.
À toi la puissance dans les siècles des siècles…

Cf. 1 P 5, 10-11

Gloire à toi, Dieu Père,
qui nous donnes en abondance grâce et paix
dans la connaissance de ton nom
et de Jésus notre Seigneur…

Cf. 2 P 1, 2

Gloire à toi, Dieu unique, notre Sauveur,
qui peut nous préserver de toute chute
et nous faire paraître devant ta gloire
sans tache et dans l'allégresse.
Par Jésus Christ, notre Seigneur,
gloire, majesté, force et puissance,
avant tous les temps, maintenant
et dans tous les siècles…

Cf. Jude 24-25

Amen ! Louange, gloire, sagesse,
action de grâces, honneur, puissance et force
à notre Dieu pour les siècles des siècles…

Ap 7, 12

Béni sois-tu, Seigneur Jésus,
que ta grâce soit avec nous…

Cf 1 Co 16, 23

Loue le Seigneur, ô mon être !
Je veux louer le Seigneur toute ma vie,
chanter mon Dieu tant que je vivrai…

Ps 146, 1-2

Amen, Viens, Seigneur Jésus !
Que la grâce du Seigneur Jésus soit avec vous tous… Amen !

Ap 22, 20-21

Nous avons élevé nos voix,
nous avons chanté ensemble, Seigneur,
nous avons béni toutes tes œuvres,
nous avons invoqué ton Nom !
Nous te bénissons, nous te rendons gloire
pour ton immense gloire !
Gloire à toi, Seigneur, gloire à toi !
Louez le nom du Seigneur,
louez, serviteurs du Seigneur, alléluia !
Je t'exalterai sans fin, Bon berger, Roi du ciel,
mon âme se souviendra toujours de ta grandeur,
Bénissez le Seigneur, tous ses élus,
fêtez-le, rendez-lui grâce !

11. *LOUEZ DIEU*

DANS LA FOURNAISE !

Il y a quelques années, la paroisse où j'étais prêtre auxiliaire avait tenu à m'associer à la fête qu'elle organisait pour son curé, en fêtant mon jubilé de 25 ans de sacerdoce. Après la messe d'action de grâce, les jeunes qui animaient la soirée festive avaient mis en scène une chansonnette qui relevait quelques traits pittoresques de nos deux personnalités. Je me souviens qu'ils avaient imité avec humour l'entrain avec lequel j'entonnais et chantais, lors des célébrations eucharistiques, le chant "Vive Dieu".

Comme il est enthousiasment de chanter certains chants de tout son cœur. Il y a, ainsi, le Cantique des créatures avec son refrain *"À toi haute gloire, louange éternelle !"* ou encore *"Ô Seigneur, à toi la gloire, la louange pour les siècles... éternel est ton amour !"* Mais n'avez-vous jamais songé aux circonstances dans lesquelles ce cantique a été chanté ?

Relisons le chapitre 3 du prophète Daniel ! Il nous rappelle l'aventure de ces trois jeunes Hébreux, qui avaient refusé de se prosterner et d'adorer la statue d'or que le roi Nabachodonosor avait fait ériger. Ananias, Azarias et Misaël se virent condamnés à être jetés dans un *brasier ardent.* Le roi ordonna même de chauffer la *fournaise* sept fois plus que d'habitude. Celle-ci dégageait une telle chaleur que les hommes qui s'en approchèrent pour y jeter les trois jeunes gens furent brûlés vifs en un instant. Quant à ceux-ci, ils *marchèrent en pleine flamme, louant Dieu et bénissant le Seigneur* (Cf. Dan 3, 1-24). Alors, Azarias s'écria en plein milieu du *feu :*

"Tu es béni, Seigneur, Dieu de nos pères,
ton nom est digne de louange et de gloire à jamais.
Car tu es juste en tout ce que tu nous as faits ;
toutes tes œuvres sont vraies,
et droites sont tes voies,
tous tes jugements sont la vérité...
Ne nous abandonne pas pour toujours,
à cause de ton nom,
et ne détruis pas ton alliance.
Puissions-nous être reçus le cœur contrit
l'esprit humilié, en guise d'holocauste.
Que tel soit devant toi notre sacrifice aujourd'hui
et qu'il te soit agréable,
car ceux qui se fient en toi ne rougiront pas.
Maintenant nous te suivrons de tout notre cœur.
Nous te craignons et recherchons ta face.
Ne nous confonds pas, mais traite-nous selon ta douceur
selon l'abondance de ta miséricorde.
Délivre-nous par tes prodiges,
donne gloire à ton nom, Seigneur.

Qu'ils soient confondus
tous ceux qui maltraitent tes serviteurs...
qu'ils sachent que tu es le Seigneur,
le Dieu unique, glorieux sur toute la terre !"

Cependant les serviteurs du roi ne cessaient de chauffer la fournaise. Mais de son côté, l'ange du Seigneur était descendu dans la fournaise avec les compagnons d'Azarias. Il écartait de la fournaise les flammes de feu. Il fit souffler en pleine fournaise comme un vent de rosée ; le feu ne les toucha aucunement et ne leur causa ni gêne ni mal. Alors ces trois hommes, comme d'une seule bouche, louaient et glorifiaient et bénissaient Dieu dans la fournaise, en disant :

Béni sois-tu, Seigneur, Dieu de nos pères,
béni sois-tu, exalté à jamais !
Béni soit ton nom glorieux et saint,
béni soit-il, exalté à jamais !
Béni sois-tu dans ton temple glorieux et saint,
loué par-dessus tout, glorifié à jamais !
Béni sois-tu sur ton trône royal,
chanté par-dessus tout, glorifié à jamais !
Béni sois-tu, toi qui sondes les abîmes
et qui sièges sur les chérubins,
loué par-dessus tout, glorifié à jamais !
Béni sois-tu au firmament des cieux,
chanté par-dessus tout, glorifié à jamais !
Bénissez toutes le Seigneur, œuvres du Seigneur,
louez-le, exaltez-le à jamais !
Anges du Seigneur, bénissez le Seigneur,
louez-le, exaltez-le à jamais !

Cieux, bénissez le Seigneur,
louez-le, exaltez-le à jamais !
Eaux qui êtes sur les cieux,
bénissez le Seigneur,
louez-le, exaltez-le à jamais !
Puissances du Seigneur, bénissez le Seigneur,
louez-le, exaltez-le à jamais !
Soleil et lune, bénissez le Seigneur,
louez-le, exaltez-le à jamais !
Étoiles du ciel, bénissez le Seigneur,
louez-le, exaltez-le à jamais !
Pluies et rosées, bénissez toutes le Seigneur,
louez-le, exaltez-le à jamais !
Vents impétueux, bénissez le Seigneur,
louez-le, exaltez-le à jamais !
Feux et chaleur, bénissez le Seigneur,
louez-le, exaltez-le à jamais !
Froids et rigueurs, bénissez le Seigneur,
louez-le, exaltez-le à jamais !
Givres et rosées, bénissez le Seigneur,
louez-le, exaltez-le à jamais !
Gelées et frimas, bénissez le Seigneur,
louez-le, exaltez-le à jamais !
Glaces et neiges, bénissez le Seigneur,
louez-le, exaltez-le à jamais !
Nuits et jours, bénissez le Seigneur,
louez-le, exaltez-le à jamais !
Lumières et ténèbres, bénissez le Seigneur,
louez-le, exaltez-le à jamais !
Éclairs et nuages, bénissez le Seigneur,
louez-le, exaltez-le à jamais !
Que la terre bénisse le Seigneur,
louez-le, exaltez-le à jamais !
Montagnes et collines, bénissez le Seigneur,

louez-le, exaltez-le à jamais !
Plantes qui croissez sur terre, bénissez le Seigneur
louez-le, exaltez-le à jamais !
Fontaines, bénissez le Seigneur,
louez-le, exaltez-le à jamais !
Fleuves et mers, bénissez le Seigneur,
louez-le, exaltez-le à jamais !
Baleines et tous êtres marins, bénissez le Seigneur,
louez-le, exaltez-le à jamais !
Oiseaux du ciel, bénissez le Seigneur,
louez-le, exaltez-le à jamais !
Fauves et bestiaux, bénissez le Seigneur,
louez-le, exaltez-le à jamais !
Enfants des hommes, bénissez le Seigneur,
louez-le, exaltez-le à jamais !
Israël, bénissez le Seigneur,
louez-le, exaltez-le à jamais !
Prêtres du Seigneur, bénissez le Seigneur,
louez-le, exaltez-le à jamais !
Serviteurs du Seigneur, bénissez le Seigneur,
louez-le, exaltez-le à jamais !
Esprits, âmes des justes, bénissez le Seigneur,
louez-le, exaltez-le à jamais !
Saints et humbles de cœur, bénissez le Seigneur,
louez-le, exaltez-le à jamais !
Ananias, Azarias, Misaël, bénissez le Seigneur,
louez-le, exaltez-le à jamais !
Car il nous a tirés du séjour des morts,
délivrés de la main de la mort !
Il nous arrachés du sein de la flamme ardente,
il nous a arrachés du milieu du feu.
Célébrez le Seigneur car il est bon,
Car à jamais dure sa miséricorde !
Vous tous qui êtes pieux, bénissez le Seigneur,

le Dieu des dieux, louez-le et célébrez-le
Car à jamais dure sa miséricorde ! (Dn 3)

Louez maintenant le Seigneur, rendez-lui grâce, bénissez-le, apprenez à être reconnaissants en toutes circonstances, en particulier dans la difficulté, la souffrance, le malheur. Si vous louez à la manière des trois jeunes gens, non seulement le Seigneur vous donnera la force de rester debout dans l'épreuve, mais vous ferez l'expérience de la puissance du Saint-Esprit au sein même de la fournaise !

Comme Judith fut sauvée des mains de ses ennemis, comme Jonas échappa aux périls de la mer, comme le roi Josaphat triompha des peuples voisins qui menaçaient l'existence d'Israël grâce à la confiance qu'il avait mise dans le Seigneur, passez donc par la vallée de la bénédiction, la vallée de la Béraka, et bénissez le Seigneur dans la joie, *car éternel est son amour !*

Je vous propose en toute simplicité un cantique que j'ai écrit après avoir lu le livre de Merlin Carothers, *Réponses à la louange*. Vous trouverez ici réunis plusieurs éléments qui justifient l'exercice de la louange *dans la fournaise !*

Dans la fournaise je te bénirai

Les yeux levés vers toi, Père plein de tendresse,
j'invoque ton saint Nom, ô Dieu de ma jeunesse.
Dans le malheur, la peine, oui je te louerai,
je crois en ton amour, sans fin je bénirai.

Rien ne doit me troubler, je suis inébranlable :
pour qui aime son Dieu, tout concourt à son bien !
Son plan d'amour sur moi est vraiment admirable,
il est mon chant, ma force et mon seul vrai soutien.

Même en cette fournaise où j'ai frôlé la mort,
je veux me rappeler ton salut, ta promesse.
Avec les trois jeunes gens, je bondis d'allégresse,
car ta toute-puissance est là qui me rend fort.

Jonas jeté à l'eau, j'épouse ton malheur,
Mais mon âme sans répit, désolée et souffrante,
chante : réjouis-toi, réveille-toi mon cœur,
Dieu veille toujours sur toi comme une mère aimante.

Si l'ennemi me mord, si le Malin m'assaille,
je n'ai pour seule audace et unique bataille
que de chanter louange et bénédiction :
ta divine présence est ma consolation.

Ô créateur aimant, mon unique Sauveur,
à tes fils et tes filles, tu montres ta faveur :
ce qu'on appelle épreuve jamais tu ne l'envoies
pour forcer tes enfants à marcher dans tes voies.

Tu respectes en tout la liberté des tiens
et leurs combats aussi toujours tu les soutiens.
Sans ta permission rien jamais ne m'arrive :
tu ne permettras pas que j'aille à la dérive.

Infinie Bonté, insondable Sagesse,
tu permets que tout serve au bien de tes enfants ;
ceux que nous chérissons, à ta grande tendresse
nous les abandonnons, joyeux et confiants.

Gloire à toi, bon Berger, fidèle Serviteur,
dans ta sainte passion, je trouverai la trace
de l'Amour infini. Ton Sang, ton Cœur, ta Face,
tu nous les as livrés, toi, notre doux Sauveur.

Ta face, ô Doux Seigneur, sera mon seul soleil,
ton regard, nuit et jour, mon unique lumière.
Brûle toute tiédeur, la rancœur, la colère,
allume en moi ton Feu, un désir sans pareil.

Visite mes blessures en ta miséricorde,
et ma vie triomphante exultera pour toi.
Que ta douce Bonté qui tant de biens m'accorde,
m'apprenne à espérer, fasse croître ma foi.

Sans fin je chanterai la victoire de ta croix,
le secret merveilleux de la nouvelle alliance.
Force et vie de ceux qui te font confiance,
je serai ton témoin, oui je serai ta voix.

Saint-Esprit, Dieu Amour, qui prends de moi grand soin,
tu sais que c'est du Christ que j'ai surtout besoin :
baptise-moi de feu, pour qu'enfin je devienne
compagnon de l'Agneau pour que son Règne advienne.

Fais jaillir en mon cœur une vigueur nouvelle
pour marcher dans la foi, l'espérance et l'amour.
Que ta grâce sans fin mon désir renouvelle !
Seigneur ! Maranatha ! Oh ! oui, vienne ton Jour !

Et maintenant souvenez-vous du passé d'Israël, du roi David qui sortit vainqueur du combat contre le géant Goliath et échappa également à la colère du roi Saül.

Si vous décidez de louer Dieu et le bénir en toutes circonstances, même si vous êtes remplis d'angoisse et de peurs, la puissance de Dieu éclatera dans votre vie. Rendez grâce à Dieu car ce combat, c'est d'abord le sien ! Il est vainqueur en vous et la gloire de Dieu, c'est que vous sortiez victorieux du combat et que vous soyez remplis d'assurance ! Notre Dieu est le grand Dieu, notre seul Sauveur !

C'est dans des circonstances particulièrement difficiles que le psaume 34 fut chanté, si l'on en croit le titre du psaume. La tradition rapporte que David, obligé de s'enfuir pour échapper au roi Saül, s'était retrouvé en territoire ennemi, chez les Philistins, dont il venait de tuer Goliath, le héros national. Pour échapper à la colère de ses ennemis, il simula la folie et fut chassé par le roi Abimélek. C'est à ce moment que la tradition biblique situe ce psaume de louange.

Ce qui est paradoxal, c'est que les chrétiens chantent aussi bien le Cantique de Daniel que le psaume 34sans prêter la moindre attention au contexte dans lequel ils ont été écrits.

Accueillez ce que la Parole vous dit à travers le cantique de la page précédente et à travers ce psaume : à savoir que c'est au sein de la fournaise que l'ami de Dieu, le pauvre, font l'expérience de la puissance divine ! Le Seigneur va vous faire la grâce de *voir et de goûter comme il est bon !* La vie est transformée quand on fait l'expérience de cette proximité de Dieu, et qu'on décide de le louer et le bénir en toutes circonstances, surtout lorsque *rien ne va plus !*

Voici ce psaume tel qu'il est traduit par le Père Gélineau. C'est, me semble-t-il, la traduction la plus vigoureuse, la plus savoureuse en tout cas !

PSAUME 34 (33)

– Je bénirai le Seigneur en tout temps,
sa louange sans cesse en ma bouche ;
que mon âme se loue dans le Seigneur,
qu'il écoutent les humbles, qu'ils jubilent !

– Magnifiez avec moi le Seigneur,
exaltons tous ensemble son nom.
Je cherche le Seigneur, il me répond
et de toutes mes frayeurs, il me délivre.

– Qui regarde vers lui et resplendira
et sur son visage point de honte
Un pauvre a crié, le Seigneur écoute,
et de toutes ses angoisses il le sauve.

– Il campe l'ange du Seigneur,
autour de ses fidèles, et il les dégage.
Goûtez et voyez comme est bon le Seigneur ;
heureux qui s'abrite en lui !

– Adorez Dieu, vous les saints ;
qui l'adore ne manque de rien.
Les jeunes fauves sont dénués, affamés ;
qui cherche Dieu ne manque d'aucun bien.

– Venez, fils, écoutez-moi,
l'amour du Seigneur je vous l'enseigne.
Est-il un homme qui désire la vie,
épris de jours où voir le bonheur ?

– Garde ta langue du mal,
et tes lèvres des paroles trompeuses ;
évite le mal, fais le bien,
recherche la paix et poursuis-la.

– Pour les justes les yeux du Seigneur,
et pour leurs clameurs ses oreilles ;
contre les malfaisants, la face du Seigneur,
pour ôter de la terre leur mémoire.

– Ils crient, le Seigneur écoute,
de toutes leurs angoisses il les délivre ;
proche est le Seigneur des cœurs brisés,
il sauve les esprits abattus.

– Malheur sur malheur pour le juste,
mais de tous le Seigneur le délivre ;
le Seigneur garde tous ses os,
pas un ne sera brisé.

– Le mal tuera l'impie,
qui déteste le juste l'expiera.
Le Seigneur rachète l'âme de ses serviteurs
qui s'abrite en lui n'expiera point.

12. *ÉPILOGUE*

Chantez maintenant la louange du Seigneur, rendez lui grâce pour son amour qui est de toujours à toujours, pour sa tendresse qui se manifeste même dans les moments les plus difficiles, pour sa bonté qui jamais ne sera épuisée !

Je vous propose enfin de consacrer les dernières pages de ce livre à un exercice délicat, auquel beaucoup répugnent de se livrer. Je parle de *louer Dieu dans la difficulté,* dans l'esprit de Merlin Carothers, comme il nous y engage dans ses livres *De la prison à la louange* et *La puissance de la louange*, deux ouvrages qui ont fait le tour du monde !

C'est un exercice périlleux, je le sais ! Je songe à cette personne qui me racontait récemment quel combat elle avait livré en lisant le livre *Bénissez, puisque vous êtes appelés à bénir...* À peine en avait-elle commencé la lecture qu'elle le jetait au panier ! En effet, elle ne pouvait supporter, ne fût-ce que l'idée, qu'on pût louer Dieu dans la *fournaise !* Comme s'il s'agissait de louer pour ce qui est mal, pour un accident, une maladie, un divorce ou toutes ces difficultés, ces malheurs qui jalonnent nos vies et nous terrassent !

Alors, attention ! S'il est vrai que le cantique des Créatures a été chanté par Ananias, Azarias et Misaël dans la *fournaise*, si David a loué Dieu lorsqu'il a frôlé la mort, s'il est vrai que saint Jean a repris le verset 21 du psaume 34 pour l'appliquer à *ce Jésus dont le cœur fut transpercé* – mais dont *"aucun os ne fut brisé"* (Cf. Jn 19,36), si Jésus a repris à son compte le psaume 22 dont il a murmuré le premier verset et, selon toute vraisemblance, prié la suite entre ses dents, comme le font les agonisants, ou au fond de son cœur meurtri, à cause de son extrême faiblesse, alors il est vrai que *"celui qui se confie à Dieu, il le délivre ; celui qui crie vers lui, il le sauve ; celui qui se confie en lui n'est pas déçu* (Cf. Ps 22, 5-6) ! Il est venu le temps de louer le Seigneur dans la *fournaise !* Il est temps de chanter *un chant nouveau !*

*

Gloire à toi, Seigneur,
tout existe par toi et pour toi.
À TOI LA GLOIRE POUR TOUJOURS !

Merci, Père, tout ce qui est à toi est à moi !
Tu nous invites à demeurer toujours avec toi,
à ne pas vivre comme des orphelins
GLOIRE À TOI, SEIGNEUR !

Merci, Seigneur,
car te louer, c'est dire :
"Seigneur, je te fais confiance.
Je sais que tu contrôles toutes choses !
Par obéissance à ta Parole,
je veux te remercier pour cette situation difficile !"
LOUANGE À TOI, SEIGNEUR !

Je te bénis, mon Créateur, Père de Jésus,
par qui tu créas l'univers.
Gloire à toi, tu es Dieu, mon Dieu !

Tu es le Créateur de l'univers,
tu es le Père et Berger de ton peuple. Loué sois-tu !

Je te bénis, mon Créateur, Source de tout bien.
Rien ne pourra m'arriver sans ta permission.
Gloire à toi, Seigneur !

Tu es le Sauveur de l'humanité.
Tu nous as donné ton Fils pour nous mener à toi ...

Ta gloire, c'est que l'homme soit vivant et debout.
Ton plus grand plaisir est de nous voir heureux ...

Je bénis ton infinie Sagesse.
Tu agis sans cesse pour notre plus grand bien ...

Tu as un plan d'amour parfait pour chacun de nous,
tes volontés sont adorables ...

Tu ne fais pas le mal, tu ne fais pas souffrir,
jamais tu ne forces à t'aimer ...

Tu es un Dieu secourable, tu nous envoies ton aide
pour que nous te fassions davantage confiance...

Tu connais nos besoins, nos désirs,
nous osons espérer que tu vas nous combler...

Tu veux renouveler, fortifier notre foi,
afin que nous te louions en tout temps...

Gloire à toi, Jésus, car ta puissance est libérée
quand nous louons le Père et que nous obéissons...

À travers tout ce que tu m'as permis de vivre,
tu vas m'aider à t'accepter comme mon Sauveur...

Malgré mes faiblesses, ma misère, mon péché,
je peux marcher vers toi avec confiance...

Tandis que nous augmentons notre louange, le Seigneur nous aide à être toujours plus remplis du Saint-Esprit. "Dieu demeure au milieu des louanges d'Israël" (Ps 22, 4).
Louer le Seigneur ouvre la porte à l'action de l'Esprit Saint en nous. L'inverse est aussi vrai. Sans notre reconnaissance, il est difficile à l'Esprit d'œuvrer en nous. "Soyez remplis de l'Esprit... rendez toujours grâce à Dieu le Père, au nom de notre Seigneur Jésus Christ" *(Ep. 5, 18.20)*

M. Carothers, *Réponses à la louange*, p. 89.

Maintenant, je lève les yeux vers toi,
rien n'est impossible pour toi !
Béni sois-tu, Seigneur…

Je te bénis, soutiens des désespérés et des opprimés,
espoir de ceux qui croient en toi
tu vas triompher dans cette situation ...

Tu as permis que je fasse cette expérience :
je suis sûr qu'à travers elle
tu vas m'apprendre quelque chose ...

Je bénis mes ennuis, mes problèmes, mes ras-le-bol,
ce tremblement de terre qui vient de m'ébranler,
cette impression de n'être plus rien ...

Je bénis mes manquements, ma lâcheté, mon péché,
j'ai tellement conscience de n'être rien sans toi ...

À travers tout ce que tu as permis que je vive,
tu vas me faire découvrir qui tu es ...

Tu m'as sauvé d'une mort certaine,
tu m'as protégé et retiré du gouffre…

Si je t'aime, j'en suis sûr, tout concourt à mon bien !
Gloire à toi, Jésus, car ta puissance est libérée
quand je loue le Père et que je bénis…

Mais tu ne permets pas que les ténèbres triomphent.
Et Satan, il est vrai, est toujours impuissant

Gloire à toi, Jésus, tu es le Saint, le Juste !
tu as pris sur toi le poids de mon péché ...

lorsqu'il est entouré de reconnaissance et de louange.
Merci d'habiter la louange de ton peuple, Seigneur...

Voici ma pauvre vie, je la remets entre tes mains ;
je la bénis telle qu'elle est :
je renonce à tout vouloir contrôler...

Ton amour, Seigneur, est plein de prévenances,
avant même que je te prie,
tu as déjà commencé à agir en moi...

Seigneur, tu n'as jamais fait aucun mal,
tu n'es pas méchant ni sadique !
Tu n'as créé rien de mauvais...

Tu n'envoies pas la souffrance ni l'épreuve
pour nous forcer à t'aimer davantage...

Ta volonté est parfaite et très sage,
tu veux soulager la souffrance des malades...

Aux yeux de Dieu, personne n'est insignifiant. Nous sommes tous tellement importants pour lui, qu'il a donné son Fils unique pour nous. De plus, avec son Fils, nous recevons tout gratuitement ! "Il a mis dans ma bouche un chant nouveau, une louange à notre Dieu ; beaucoup le verront et auront de la crainte ; ils se confieront en l'Éternel. (Ps 40, 4)."

M. Carothers, *Réponses à la louange*, p. 117.

Toi qui es amour et bonté,
tu fais tout servir pour notre bien, même le péché…

Ma vie est devant toi, pauvre et misérable,
merci de pouvoir te l'offrir telle qu'elle est :
avec ces débris, ces déchets, tu vas refaire du neuf…

Je bénis ces tourments, je bénis ces souffrances,
ils m'obligent à me tourner vers toi ...

Je fais confiance à tes promesses !
Tu me dis que tout est grâce ...

Merci de m'aimer comme je suis :
fais-moi aimer les autres comme tu les vois ...

Quand je te prie pour un frère, une sœur,
ton amour auprès d'eux est déjà au travail…

Tu vas faire toutes choses nouvelles,
tu changeras mon deuil en une fête ...

Je te demande aujourd'hui la grâce de la confiance,
tu vas agir, je le crois, pour mon plus grand bien ...

Je bénis ces difficultés, ces ennuis :
grâce à eux tu as changé ma vie ...

Tu me donnes le droit de croire aveuglément
que tu prends toujours soin de ceux que nous aimons ...

Tu les aimes et tu les veux heureux,
tu les veux saints en ta présence…

Je crois que tu vas me donner ce que j'espère.
Ceux qui te font confiance ne seront pas déçus...

La ténèbre n'est pas ténèbre devant toi :
mon regard reste levé sur toi dans la nuit...

Merci, Jésus, car à travers tout ce que je vis,
tu vas ouvrir mon cœur à une dimension nouvelle...

Comme il fait bon de vivre, en ta présence,
quand je loue, ton amour m'envahit...

Merci pour la louange, pour le chant du combat,
tu m'apprends un chant nouveau
et une nouvelle manière de vivre...

Merci pour ton pardon, pour la joie du retour,
et cette paix que tu me donnes en abondance...

Comme tu es merveilleux, Dieu de Jésus Christ,
tu nous fais communier à ta joie, à ta vie...

Lorsque de jeunes chrétiens s'égarent loin de Dieu, les parents ont le droit de croire que Dieu les ramènera à lui. Il se sert de nous pour gagner d'autres personnes au Christ. Notre foi et notre louange libèrent sa puissance et lui permettent de les gagner à nouveau. "N'aie pas peur, car je suis avec toi. Je ramènerai tes enfants de l'Est et je les réunirai de l'Ouest. Je dirai au Nord : "redonne-les !" et au Sud : "ne les retiens pas !" (Is 43, 5-6).

J. M. Carothers, *Réponses a la louange*, p.143.

Esprit de feu, de lumière et de joie,
tu me fais bondir de joie, tressaillir d'allégresse ...

Je lève les yeux vers toi, mon Sauveur,
ton nom est mon secours, Seigneur :
j'exalterai ton Nom toujours et à jamais ...

Béni sois-tu, Saint-Esprit,
parce que grâce à toi des chrétiens commencent à louer
pour chaque situation difficile ...

Béni sois-tu, Saint-Esprit,
parce que tu libères la joie et une foi nouvelle
qui me donne de croire en tes promesses…

Gloire à toi, Esprit Saint,
quand je loue ton Père et le Fils,
tu libères la puissance de Dieu ...

Tu es merveilleux, Dieu de Jésus-Christ,
Ta puissance de Père se manifeste dans ma faiblesse ...

J'éprouve tant de joie à te louer, Dieu,
que j'exulte avec Marie et tressaille d'allégresse ...

Mon âme exalte le Seigneur,
exulte mon esprit en Dieu mon Sauveur ...

Bienheureuse es-tu toi qui a cru à la Parole !
L'amour du Seigneur à jamais nous le chanterons ...

Béni soit celui qui vient au nom du Seigneur !
Tu es béni Jésus, Sauveur !

Jésus, tu veux que là où tu es,
tes frères soient aussi ...

Tu veux les consacrer dans la vérité,
car ta Parole est vérité ...

Père, tu nous a donné à ton Fils :
que nous gardions sa Parole ...

Toi qui es sorti du Père et qui es rentré chez le Père,
donne-nous ton Esprit d'amour ...

Nous te présentons nos demandes au nom de Jésus :
exauce-nous pour que nous soyons dans la joie
et que nous chantions sans fin le cantique nouveau !

Jésus a dit de lui apporter nos fardeaux et de les lui abandonner. Si nous renonçons à vouloir tout contrôler, nous avons le droit de croire que Dieu s'occupe à merveille de ceux qui nous aimons... La forme de prière la plus puissante est la louange. Lorsque nous demandons à Dieu de faire quelque chose pour quelqu'un, le moment est venu de le louer parce qu'il a déjà commencé de le faire. "Voici l'assurance que nous avons près de lui : si nous demandons quelque chose selon sa volonté, il nous écoute. Et si nous savons qu'il nous écoute, quoi que nous demandions, nous savons que nous possédons ce que nous lui avons demandé" (1 Jn 5, 14-15).

M. Carothers, *Réponses à la louange*, p. 124.

Ô Christ, tu aimes les hommes,
je te glorifie !
Tu es le Fils unique,
le Seigneur de toutes choses !
Toi, tu es le seul sans péché.
Pour moi, pécheur, tu te livres à la mort.
Tu nous arraches aux chaînes du mal.
Que te rendre, Seigneur, pour une telle tendresse ?
Gloire à toi, ami des hommes !

St Ephrem

Je confesse, Jésus, que je suis un pécheur,
Je te reçois comme mon Sauveur,
avec la vie éternelle que tu me donnes gratuitement !
Je veux vivre pour toi, pour te servir et t'honorer.
Je reçois ton Saint-Esprit et je veux te suivre !
À la louange et à la gloire de ton Nom !

*

À celui qui peut nous préserver de toute chute
et nous faire paraître dans sa gloire
sans tache et dans l'allégresse,
au Dieu unique, notre Sauveur,
par Jésus Christ, notre Seigneur,
gloire, majesté, force et puissance
avant tous les temps,
maintenant et dans tous les siècles,
Amen ! Alléluia !

NOTES

Références bibliographiques

1. Smets A. s.j., Gilissen P. et L., *Bénissez, puisque vous êtes appelés à bénir*, Fidélité, Namur, 11/95.

2. Carothers M. R., *De la prison à la louange*, Foi et Victoire, CH Le mont S/Lausanne, 11976. – *La puissance de la louange*, Foi et Victoire, CH Aigle, 02/1975. – *De l'enfer au paradis*, Vida, Miami, 1981. – *Réponses à la louange,* Foi et Victoire, CH Aigle, 1985.

3. Mt 11, 25 ; 26, 39 ; Lc 23,46 ; Jn 11, 41.

4. Yonggi Cho P., *Premier parcours de prière* : le tabernacle, n° 1099. *Second parcours de prière* : le Notre Père, n° 100, Cassettes Multicopy "Réalités de la foi", CP 93 – CH 1816 Chailly-Montreux.

5. Wilkerson D., *La croix et le poignard*, Vida, Miami, Floride, 1981.

6. Pliya J., *Prier comme un enfant de Roi*, O.E.I.L., Paris, 1991.

7. Ignace de Loyola, *Exercices Spirituels*, n° 54, D.D.B., Paris, 1985.

8. Catherine de Sienne, *Jésus Christ notre Résurrection* – Oraisons et élévations, Cerf, Paris, 1980.

9. Pliya J., *Op. Cit.*, pp. 51-60 passim.

10. Astelli Hidalgo N. et Smets A., s.j., *Sauver ce qui était perdu, la guérison intérieure*, Saint Paul, Paris, 1986, p. 28.

11. Andrewes L., *Preces privatae*, Society for Promoting Christian Knowledge, G.B. London, 1920. – Trad. française : *Preces privatae*, Arthaud, Paris 1946. – *Livre d'heures, preces privatae*, pp. 42-54 ; 131-135, D.D.B., Paris, 1981.

12. Carothers M. R., *De la prison à la louange, Op. Cit.*, pp. 84-86.

13. Moines de Fontgombault, *Prières de tous les temps*, Sanctifier le jour, Droguet-Ardant, Limoges, 1971.

14. Deiss L., *Prières bibliques*, pp. 190-196, Paris, 1974.

TABLE DES MATIÈRES

Achevé d'imprimer en août 1999
sur les presses de Saint-Paul France S.A.
55000 Bar le Duc
Dépôt légal : août 1999
N° 7-99-1309